香肠房

常新港 著

作家出版社

图书在版编目（CIP）数据

香肠房／常新港著. -- 北京：作家出版社，2025.7. --（冰心奖35周年典藏书系／翌平，郭艳主编）. -- ISBN 978 - 7 - 5212 - 3368 - 1

Ⅰ. I247.5

中国国家版本馆 CIP 数据核字第 2025SA8364 号

香肠房

主　　编：	翌平　郭艳
作　　者：	常新港
策　　划：	左　眩
统　　筹：	郑建华
责任编辑：	赵文文
插　　图：	覃瑜君
装帧设计：	瑞　泥

出版发行：作家出版社有限公司

社　　址：北京农展馆南里 10 号　　　邮　　编：100125

电话传真：86 - 10 - 65067186（发行中心）
　　　　　86 - 10 - 65004079（总编室）

E - mail: zuojia@zuojia. net. cn

http: // www. zuojiachubanshe. com

印　　刷：三河市紫恒印装有限公司

成品尺寸：145 × 210

字　　数：90 千

印　　张：6.75

版　　次：2025 年 7 月第 1 版

印　　次：2025 年 7 月第 1 次印刷

ISBN 978 - 7 - 5212 - 3368 - 1

定　　价：35.00 元

　　常新港，儿童文学作家。已出版百余部图书，四次荣获全国优秀儿童文学奖，以及宋庆龄儿童文学奖、庄重文文学奖、冰心图书奖、第二届陈伯吹国际儿童文学奖、台湾"好书大家读"青少年最喜爱的十大好书。十余部作品翻译到日本、韩国等。长篇小说《土鸡的冒险》曾获韩国 2008 年"文化体育观光部"优秀图书，并选入日本厚生省 2022 年"孩子最想读的书"。

童真之眼与面向未来的儿童文学

郭艳（鲁迅文学院教研部主任、研究员）

　　高科技 AI 时代带来人类文明更加深刻的嬗变，人作为宇宙居民和星球物种已然发生了更为异质的变化，儿童无疑是这一巨变最为直接的对象。儿童是未来，儿童文学抒写地球人最本真的生命感知和审美体验，是写给未来者的文字。在纷繁芜杂的多媒体虚拟语境中，纸质文本对于儿童智力、情感和心灵的塑形更显出古典的崇高与静穆的优美。冰心奖包括冰心儿童图书奖、冰心儿童文学新作奖、冰心作文奖、冰心儿童艺术奖四部分，获奖儿童文学作家逾千人。冰心奖作为中国以著名作家命名的全国性儿童文学奖项，其架构设计蕴含着深远的文学社会学意义。在冰心先生的关怀下，以及冰心奖创始人雷洁琼、韩素音和葛翠琳的筹划、设计和主持下，经过三十五年、几代人的共同努力，冰心奖已成为中国儿童文学重要的民间奖项，它还是新时期以来众多初登文坛的儿童文学作家在创作初期获得的重要激励，其获奖文本成为文学佳作的写作风向标，获奖作家日渐成为当代儿童文学的中坚力量和引领者。本套合集中，老中青数代作家济济一堂，年龄横跨了近一个世纪的时空场域，印证了该奖项作为"儿童文学作家摇篮"的独特功能。

冰心奖以文学性为核心，关注作品的叙事结构、语言艺术、象征系统构建等文学本体特征，众多获奖作家呈现不同向度的美学追求，体现了新时期以来中国儿童文学原创的丰硕成果。

一、现实关怀与多元成长叙事

面对二十世纪九十年代以来的中国社会，众多作家显示出了对于童年和成长更为多元的认知，写作视域从校园、家庭、都市、乡村延伸至自然、博物、地域、民俗，乃至科学、科技、科普和科幻等，从而延展和拓宽了当代儿童文学现实主义的深度和广度，也极大地推动了文本叙事革新的深化。

其一，乡土审美叙事与诗意美学结合，重塑乡土中国镜像和乡村儿童生命成长。曹文轩作为首位获国际安徒生奖的中国作家，推动中国儿童文学走向世界。他的创作以诗性现实主义与古典悲剧意识为内核，书写水乡泽国的乡土，形成哀而不伤的美学境界。王勇英的写作则以俚俗幽默与野性生命力为底色，乡野喜剧中暗藏成长隐痛，书写大地伦理滋养的童年精神，展现万物有灵的乡土世界。林彦在古典诗意与江南韵律之中编织绵密的童年心事，笔触疏淡却意境幽微。薛涛在山林、江河与民间传说里讲述独特的成长故事，文字间潜藏着温暖与救赎。湘女守望边地乡土，凸显红土高原的山川风物、茶马古道与民族原生态浸润中的童年故事，奇幻而质朴。彭学军以诗意语言与生活化叙事勾连历史记忆与当代童年经验，赋予传统手工艺、地域文化以现代生命。高凯书写童心，通过童真语言、自然意象与现实哲思的融合，呈现出对生命教育与乡土诗性的审美追求。常星儿以辽西沙原为精神原乡，在少年成长叙事中凸显对乡土中国的深情回望。

其二，现代主体性观照下的城市—乡村—世界—少年群像：疼痛中的向光成长。具有现代主体性观照的作家们聚焦都市生活流和乡村日常的童年经验，摹写少年们的精神、情感与心理成长，塑造更具现时代当下性的少年群像。高洪波运用新奇的视角和想象，创造出有趣的形象和情节，体现对儿童自由天性和生命价值的尊重。常新港以冷峻笔法刻画少年在成长阵痛中的蜕变，幽默中蕴含思辨，粗犷而饱含生命热度。翌平以独特的少年视角审视童年往事，倾诉少年成长烦恼与对世界的好奇，想象力充沛，情感真挚深刻。刘东聚焦青春期少年在都市与乡土夹缝中的精神困境，用蒙太奇拼贴记忆碎片，形成破碎感与治愈力并存的独特文本。老臣以雄浑苍劲的北方为底色，塑造质朴、刚毅的少年形象，苦难书写中淬炼悲怆，叩问生命与人性的坚韧。李东华探讨少年在历史洪流中的命运，直面成长创痛，以悲悯情怀熔铸坚韧品格。毛云尔相信每个孩子都有潜能：石头的翅膀深藏在内心，在好奇心、爱与理解的情境中，石头就会开始它自在的飞翔。文本具有生动而真实的细节与陌生化的想象力，显示出对儿童心理的深刻理解。孙卫卫以温润质朴的现实主义笔触聚焦当代校园生态与男孩成长的心灵图谱，渐进式成长浸润着生命的质感，寓教于情。

其三，现代女性视角下的家庭—校园—社会—少女形象：柔韧中的向暖而生。陆梅以江南为底色，构建潮湿而坚韧的童年镜像，摹写少女青瓷裂纹般的生命痛感，书写夏日阳光疗愈青春期的孤独。张洁以温婉的女性视角捕捉童年情感的细微震颤，在淡淡的疏离中重建童年与他者的联结。赵菱擅长在当代童年经验中植入神话原型与传统文化基因，在幻想叙事中体现现实关切，心灵镜像通透而明亮。谢倩霓聚焦现代家庭变迁与青春期少女的精神成长，脆弱与倔强交织、伤痛与治愈共存。辫子姐姐郁雨君以童心为底色，凸显儿童成长、互动创新的情感疗愈文学场域。周蜜蜜坚持多样化文体创作，以岭南文化为核心，文本兼具地域性、时代性与人文关怀，在传统与现代、科技与文学之间构建了独特的平衡。

其四，高科技时代的共情：科幻与现实相互交织，科技与伦理彼此关切。随着高科技时代的来临，儿童科幻越发成为解读现实不可或缺的文本。作家们将中国神话、历史、民俗与科幻结合，在时空旅行、生态灾难、末日危机等题材中普及科学知识，探讨批判性思维与伦理问题。本合集中，冰波的作品具有独特的构思和创新性，善于使用对比手法，在新鲜有趣的故事中传授知识、交流情感，文字温暖而治愈。

二、幻想美学的本土化重构

近三十年中国幻想文学致力于跨文化审美范式建构，在童话文本中注入东方哲学意蕴，构建中国童话的本土范式。童话作家们将文本叙事与幻想美学融合，探讨个体生命、自然万物，以及历史记忆之间的本质与诗性。众多创作传承本土文化基因密码，融入现代性思考，推动了中国原创童话的创新与发展。本套合集中，张秋生的《小巴掌童话》文体灵动自由，叙事充满诗意哲思，价值启蒙自然天成，以"小而美"的独特风格成为中国儿童文学经典。周锐的童话擅于将奇幻想象照进现实，在荒诞变形中表现当代儿童的生活镜像，延续民间叙事智慧，又注入现代批判意识，历史与童话结合，风格诙谐。汤素兰的童话将中国神话意象与西方幻想文学结合，在儿童视角中展开双重成长，使地域文化记忆获得当代审美价值，轻松、温暖而幽默，具有独特的美学意味。车培晶的文本通过纯真人性的浸润、苦难的观照与诗性语言的呈现，构建了童趣与美善的世界。吕丽娜在梦想、快乐、爱心主题中激发儿童的想象力和创造力，引导儿童向上成长。这些童话文本在更多本土化探索的同时，又关注当下社会性问题，以童话介入现实，并以绘本、微童话等形式延伸文体边界，实现现实关怀与跨界融合。当下的童话写作既延续了叶圣陶、张天翼的现实主义传统，又融入了现代人文情怀，在诗化童话的审美追求中，提升中国童话的哲学意蕴和童年精神表达。

值得一提的是班马的儿童文学创作，他以先锋姿态重构中国童年精神场域，从文化人类学视角构建奇幻文本，在虚实交织的地理疆域和古今时空穿梭中，提升儿童与自然的神秘交感，揭示被现代性遮蔽的原始生命感知，抵达对中华文化的现代性阐释。在语言实验层面，班马融合民族文化与后现代拼贴技法，在叙事迷宫中拓展儿童文学边界，激发儿童潜能（创造能力、感应能力、探索能力和审美能力等），从而参与对未来世界的影响和构建。他的写作融文化寻根、哲学思辨与游戏精神于一体，开创中国儿童文学文化智性书写范式。

三、爱的哲学与美善化育

当代儿童散文延续冰心先生提倡的"爱的哲学"，坚守儿童本位的语言与叙事表达，力求审美性与功能性平衡。同时文类和题材边界日益拓展，作家们关注人类学视野的边地童年、地域风物，以及方志化叙述中的城乡记忆等，表现出儿童散文创作更多维度的探索与追求。本套合集中，徐鲁的创作融合自然、历史与人文，兼具文学性、审美性和现代认知，充满诗意化的抒情气质，又蕴含对真善美的坚守，展现了中国儿童散文的思想深度与美学品格。韦伶将自然美学、情感哲学、教育娱乐，以及独特的女性视角和理论实践相结合，文本富有教育意义又兼具娱乐性。阮梅的散文语言优美，主题深刻，透露出慈祥的母爱与关怀，提供丰富的阅读体验和人生指导。张怀存的写作诗、书、画相交融，秉持童心与真诚，散文体现出情感与哲思、中西文化交融的特质，展现了文化碰撞与互鉴的魅力。毛芦芦注重生命与自然的思考，通过拟人化叙事赋予自然生命体验，情感真挚，富有审美教育功能。王琦的写作融入对地域文化和日常生活的回忆，在和读者共情中回溯童年的美好和难忘。

当下儿童散文创作在美善化育中，更注重对儿童本位和童年经验的反思，在时代嬗变中表达对儿童真实境遇的深切观照。同时在多文体、叙事多元结构、视角交融等维度进行更多的文本创新和实践，从而更为及时而深入地反映儿童的内心，表达儿童对于自我、他者和世界更为本真的体验和感悟。

四、文学史视野与价值重估

在 2025 年的时空节点，冰心奖评委会在冰心奖设立三十五周年之际，特推出由三十五位儿童文学名家名作组成的冰心奖获奖作家典藏书系，邀请儿童文学评论家徐妍、徐鲁、崔昕平、李红叶、冯臻、谈凤霞、涂明求、聂梦，参与本系列合集的审评，并为作品撰写推荐语。回溯历经三十五年的冰心奖是对纸媒辉煌时代的回眸与凝视。从文学史维度看，冰心奖三十五年历程恰与中国儿童文学现代性进程同频共振。她以"爱与美"为精神内核，恪守冰心先生"以童真之眼观照世界"的理念，以扎实的文本实践推动了中国儿童文学原创，培育了具有现时代文化精神和儿童主体性的文学新人群体，助推了中国儿童文学创作多元美学范式的转换。表现为：美学传统的接续与转化，深化童年本位的审美转向，重构现代儿童主体性；深度激活本土文化资源，推进传统文化符号的现代性转化，地域美学多层面呈现；深化儿童本位视角的现实主义，成长叙事多元共生，增强现实关怀与人文深度；幻想文本的本土化创新及东方诗化童话的美学追求；生态意识和绿色美学观照下的大自然文学、生命共同体的童真童趣表达等。在传统根脉和现代性诉求的双向张力作用下，中国儿童文学在时间、空间和价值维度上都发生了深层的变革和创新。

　　总而言之，新时期以来中国儿童文学所描述和呈现的童年经验、文化记忆和幻想世界等，都是和中国现代化进程深度融合的，是中国现代化语境中童年镜像的多元呈现和多声部表达，体现了中国现代性审美的诸多特征。冰心奖通过制度创新、精神传承与国际拓展，不仅推动了中国儿童文学原创的繁荣，更以美善化育重塑了儿童文学的价值内核，成为新时期以来儿童文学发展的重要引擎，也必定继续对未来的中国儿童文学产生更为持续而深远的影响。

2025 年 4 月 30 日

目录

掉在地上的半根粉肠

　　那个上锁的小铁盒子一直放在黄色木箱上。六岁之前的马万才不知道它是干什么用的。他两三岁时，曾经想爬到箱子上，把那个铁盒子抓下来，他自己却从箱子上掉下来，因为箱子翻了，把他压到下面，压疼了。从那时起，他就觉得铁盒子有神力，动不得。多年后，马万才动了它，那是从心里冲出的欲望，打败了铁盒子的神力。

　　马万才上一年级前的一个晚上，影影绰绰听到爸爸

1

说起张刘盛的名字，这名字怪，所以才有印象。最初，还以为张刘盛是大人，后来真的认识了张刘盛，才知道跟自己同岁，小屁孩一个。再后来，又跟张刘盛成为朋友，就是后来发生的有意思的事了。

他们成为朋友的诱因，是吃。一个天天吃饭长肉的男孩子，没有吃，上哪里找记忆？好像，又不完全是因为吃。但是，一个大人认识一个孩子，也是因为吃。简单地说，大人世界和小孩世界，都缺肉。

一个男孩子爱做梦，被惊醒了，大人以为是吓醒的。其实，是馋醒了。在梦中就要吃到嘴的东西，一下子消失了，不馋醒了才怪！

一九五五年的除夕夜，太平街上的烟火最亮最响最震人耳膜。冬天的夜被烟火撕破了，那条街像是被扯开了一道火口子。

别的街道上的人听见了，都会说，是太平街上的人放炮了！隔着几条街的孩子都站在街上或院子里，伸长脖子，跟身边的雪人一起，望着天空中的烟火和爆出的响雷。

第二天一大早，住在别的街上的孩子会跑到太平街上，去捡白雪上没有响的哑巴鞭炮。太平街上一街的白雪红屑，像是昨夜里春风刮过、开了一街的花。

马万才就从八区街跑到太平街上，专门去捡鞭炮屑。那次，刚把一个鞭炮屑装进口袋，鞭炮就炸了，口袋被崩出一个洞，烧煳了，冒着烟跑回家的。妈妈舍不得马万才身上的衣服，不等他脱下来，迎头就浇了他一身的水。

"妈，你要我的命啊？！……"马万才冷得直跳。

"你想要命，妈给你做的新衣服就烧没了！……"

鞭炮和烟花一响，大人和孩子都会站在雪地上，望着街景，心里会感叹，太平街的冬天真的美啊！

太平街的孩子都有优越感，因为，他们的大人有优越感。太平街的孩子有零花钱，因为他们的大人有钱。太平街的孩子吃过很多零食，因为他们的大人经常从街上带回零食给孩子们吃。

为什么有钱？太平街上的大人和大人的大人，都做过生意。公私合营后，私人的生意都由国家经营了。但是，做过生意的人总是比普通人有钱。他们的餐桌上有肉吃。

哈尔滨的美食，早已经变成传说化作空气覆盖了每道街每条小巷。

当时，小男孩张刘盛咬着半根肉粉肠，在门口的街上看大烟囱上冒出的黑烟时，拿着粉肠的手被一辆骑着自行车的人碰了一下，粉肠就滚到了地上，骑车人想说一句对不起，回头一看，是一大段粉肠掉在地上了，他脸上有了一丝慌张和吃惊。

张刘盛看了一眼地上的半根粉肠，说了一句："脏了！……"说完，回头朝家走去。那是一个身穿工作服的工人，他死死盯着躺在地上的那段粉肠，看见掉了粉肠的男孩子轻松地转身走了，吃了一惊。在那个男孩子刚刚转身走掉时，他还以为他会哭会叫，会跑回家找大人去。男孩子并没回来。

他四处一看，没人，他支上自行车后架子，弯腰把那段粉肠拿起来，吹了两下，放进铝质饭盒里。然后对着饭盒里的那段粉肠说："能吃啊！……这家人，真有钱啊！"

他兴奋地骑上车子，快快地离开了太平街。他不是太平街的人，只是下班后穿过太平街的辛苦上班挣钱的人。

马万才听爸爸说这件事的时候，还不认识传说中的张刘盛。马万才的爸爸就是那个捡了半截粉肠回家的人。

马万才第一次吃粉肠，他不知道世界上还有这么好吃的食物。爸爸说："这是粉肠！肉少粉多！要是秋林公司的香肠，就更好吃了，全是肉！"

马万才的爸爸有个外号，叫马大油饼。马万才记得，家里很少吃油饼，爸爸有了这个外号肯定是在家外闯下的名声。妈妈说，儿子猜对了！

马万才的爸爸经常帮着别人干力气活，一人顶三人。请他干活的人总是满意他的力气，也总是客气地问他："干完活，想吃什么，只管说！"

"油饼！"

半斤面的油饼，裹上酸菜粉，他能吃三张。如果包上酱牛肉，他能吃五张。马万才的爸爸很轻易就获得了一个外号——马大油饼。

马大油饼的肚子并不大，吃多少都不显肚子。也不知道他把那些食物吃到哪里去了。

马万才的饭量在他五六岁时，并没有引起他父亲的注意。他妈妈却在饭后收拾空了的锅和舔干净的碗时，留下一句话："儿子挺能吃啊！"

还不在意儿子胃口的马大油饼却说："能吃好，能吃长个儿！长个儿能干活！能干活就挣钱！挣了钱可以吃好的！"

这一套朴素的生存理念，它的轨迹就是一个大大的圆圈，起头跑出去时是从吃开始，转了一大圈跑回来时，又回到了吃。这让张着大嘴巴的儿子从小就记住了，就像记千年流传的歌谣。

马万才上小学一年级时，是在太平街上的太平小学。他本来去不了那所学校，因为划分了学区，他家所在的八区街正好在太平小学的学区内，就自然去了太平小学。他分到了一年级六班，当老师点名点到张刘盛时，他记得爸爸提起过这个听上去有点怪怪的名字，他抬头很认真地看了一眼站起身喊"到"的男孩子一眼。那男孩子很白，很干净，头发是刚刚剪过的，抹了点发蜡，向右分着，衣服也整齐，整齐得像刚从照片上下来，坐在椅子上，静静地坐着，还要等待拍照一样。

张刘盛的名字有点拗口，让马万才不确定是哪几个字。张？还是章？可能是弓长张或是立早章。后两个字，是很难猜的。还是马万才偷偷看了一眼老师摆在讲台上的点名册，才确定张刘盛三个字的。

马万才很羡慕张刘盛这三个字，三个字都像是姓，有点像三军仪仗队，三个军种排成一行，不同凡响。他家里的人是怎么给他起得如此牛的名字啊！

不过，马万才觉得自己的名字不差，万才，一个人身上有一万种才，还差得了吗？亏得大人起名时没叫马万财，如果叫了一个"财"字，多俗啊！回到家里吃饭时，马万才说起自己的名字，我的"才"字起得好！

他爸爸马大油饼听了，抬起头看着儿子，像是发现了敌情，说道："好什么好？我去派出所给你上户口，我说的是马万财。是钱财的财！那个给户口本上写名字的户籍警很马虎，竟然写成了马万才。我回到家里仔细看时，才知道被写错了！我跑到派出所，想给你的名字改回来，那个民警说，要改可以，户口本的成本费是一块钱，你交一块钱吧！我没舍得一块钱，你才叫了马万才！"

"爸爸舍不得一块钱，我才保留了'才'字？"

"一块钱，不少的钱啊！"妈妈在一边插了一句。

马大油饼用两只手比画着："一块钱买粉肠，能买这么多！"他的两只手比画的圆圈缩小了些，"买秋林香肠，也有这么多！"

"爸，啥时买香肠吃？"马万才问，他的眼睛嘴巴和浑身的汗毛孔都张开了，就像啃光了大地麦子的蝗虫。

"过年！"

"啥时过年？"

"还有……两百六十二天！"马大油饼用手摸了一下墙上的日历，用脑子很快就算出了天数。

两百六十二天，对一个想吃秋林香肠的男孩子来说，那一天简直是遥遥无期，太漫长了，太让人绝望了。但在心里已经拱出了嫩芽的希望不能枯萎，不能死啊！他说："先买一根尝尝！"

"尝尝？你会尝出毛病的！"

"尝香肠会尝出啥毛病？"

"馋病！"

马万才不再争取了。他从爸爸的口气里，已经知道结局。他的内心感觉一点都不好，就像是爸爸指着月亮对他说："月亮上有吃不完的好东西，你去吃吧！月亮上的房子，都是用香肠盖的，你可以天天睡在香肠里！"

马万才听到爸爸的风凉话了，他知道风凉话就是凉风，吹过来，就刮走了。但是，他还是对风凉话里出现的用香肠盖的房子感兴趣，香肠房子盖在月亮上，他也有兴趣。

有个晚上，妈妈在不大的厨房里做面条吃，是北方人都爱吃的手擀面。马万才竟然在自己的碗里发现了两片粉肠。他还不知道是爸爸撞了那个叫张刘盛的小男孩，将张刘盛手里的粉肠碰到地上，爸爸把粉肠捡了回来，下到面条锅里。

半夜里，裸露着肚皮睡觉的马万才，觉得有条不凉不热的蛇从窗口爬进来，顺着床腿上了床，盘踞到他肚皮上不肯走了。马万才吓醒了，不敢睁眼，也不敢动，担心肚皮上的蛇醒了，咬他一口。

天啊！蛇还在他光光的肚皮上移动，它是在打瞌睡吗？要在他肚皮上翻个身睡才舒服。这时候，马万才听见蛇说话了："吃了这么多面，胃受得了吗？……"

他被彻底惊醒了，不睁眼看看盘踞在肚皮上会说话的蛇精，马万才死了都不甘心啊！他看见爸爸坐在他床前，床边站着妈妈。爸爸把一只干粗活的手叉开了，放在他肚皮上，轻轻摸着，担心马万才的肚皮会在夜里突然撑爆了。

马万才生气地把爸爸的手推开："讨厌啊，你的手，放在我肚子上做什么？都吓死我了！……"

爸爸说："你的肚皮鼓着，吓死我了！"

妈妈说："儿子，你的肚皮也吓着我了！"

……

马万才跟爸爸说，他跟张刘盛是同学了。爸爸听了，还没在意，突然意识过来："你说什么？张刘盛！你们是同学？……"

马万才"嗯"了一声。

马大油饼说："他家可是有钱啊！他家里开了很多厂子……虽然公私合营了，他们家还是有钱啊！张刘盛家，谁不知道啊！他们家原来开着服装店、饭馆，还开着旅店……"

"张刘盛长得白……"

"他从生下来就吃细食嫩饭，能不白？"

"圆圆的脸，挺胖！"

"天天吃肉，能不胖？"

"头发上抹发蜡了，头发像站队一样齐……"

"有钱，往头发上抹花生油都行！"

马万才妈妈听到这儿，忍不住插了一句："他爸，你别外行了，发蜡就是发蜡，那是专抹头发的！没钱人才会想到朝头发上抹花生油！"

马万才爸爸知道自己的话不严谨，为自己找个台阶下来："不管张刘盛家人朝头发上抹发蜡还是花生油，反正是他们家有钱！"

马万才想跟张刘盛成为朋友。他心里的这种欲望很强烈，像烤地瓜的火一样红红的，让人脸热。

但是，张刘盛不想跟马万才交朋友。其实，张刘盛不想跟班上的任何同学交朋友。上体育课时，班上的同学都追着一个足球踢，张刘盛懒懒地站在那里不动，不想追那个乱飞的球。体育老师在足球场外冲着不动的同学喊道："都动起来，不是让你看风景的，是让你们跑起来，用脚找到那只足球。动起来！跑起来！……"

马万才听见了体育老师的喊叫，还有他嘴巴里吹出的刺耳的哨子声。那只足球滚到了自己脚边，他一伸腿，把足球带到自己脚边，抬头看了一下，见张刘盛呆呆立在足球场的边上，就把足球主动踢给了张刘盛。

张刘盛的身边没有一个人，那只足球滚到他面前时，他一动不动，让足球滑过脚边。

"你怎么不踢球？"马万才冲着张刘盛喊道。

张刘盛看了一眼，没理睬马万才。这时，已经有五六个同学疯喊着，朝着足球冲过去，把张刘盛当成了一根电线杆子。

马万才把张刘盛当成了一块冰。

中午，同学们都坐在自己的座位上吃饭。饭都是从家里带来的，用几乎清一色的带盖的铝质饭盒盛着。有调皮的男生不安分，在教室里来回窜，看同学们都带什么好吃的了。胡星安就是这种男生，老师不在，他不仅在教室里乱窜，脏兮兮的手，故意在别人的饭盒上乱抓乱摸。

女同学见他过来，都匆忙把饭盒盖盖住，警惕地瞪着他。

"看看，你带的什么？看看，我就看一眼……"胡星安说着，把一只脏手伸到女同学的饭盒上。

女同学惊叫一声："把你的手拿开！我要告老师了！……"

"我看一眼怎么了？"

"你给我的饭看脏了！"

"看一眼就能看脏了？"

"你眼脏！"

……

这时，教室里就有了笑声。笑声过后，胡星安竟然有了一个外号，叫脏眼。

马万才吃饭从不声张，只是很快地把带来的饭吃干净。然后再抬头看同学们吃午饭的样子。他很留意张刘盛带了什么饭。张刘盛装饭用的饭盒跟同学们完全不一样，不是一个长方形的铝质饭盒，而是漂亮的三层搪瓷饭盒，一层装着主食，一层装着菜，底下一层装着汤或是粥。一个漂亮的金属把柄，把三层饭盒扣在一起。

脏眼虽然在教室里乱窜，用手乱动人家的饭盒，但是，他从不敢动张刘盛的搪瓷饭盒。因为，他不止一次听到同学警告说："脏眼，你可别动张刘盛的饭盒，碰坏了张刘盛的饭盒，你赔不起！"

"你赔不起！"这几个字，镇住了脏眼，彻底吓住了他。

那天，飞快吃完了午饭的马万才，看见张刘盛的搪瓷饭盒上有一段粉肠，就在菜的旁边摆着，他也不去吃，像是一道可吃可不吃的配菜。张刘盛吃完了饭，一层层把饭盒扣上，也把那段他不想吃的粉肠扣在了里面。

马万才的眼睛都盯酸了。心里想，张刘盛不吃那段粉肠，为什么不扔到地上？想到这里，马万才突然感到脸红了，希望张刘盛把那段粉肠扔到地上，自己会像一只馋嘴狗一样扑上去，一口叼住那段粉肠吗？……

那个晚上，马万才做了一个梦，梦见自己和张刘盛成了谁也离不开谁的好朋友。张刘盛把马万才领到他们家，说是想吃什么就吃什么。让马万才想不到的是，张刘盛的家有一种肉香，他从没闻到过的肉香。他问张刘盛："这是什么肉味？"

"香肠啊！"

"为什么肉味这么浓啊？"

张刘盛仰着白白胖胖的脸，看了一圈四壁："我们家的房子，是用香肠盖的！"

"用香肠盖的房子？"一惊又一喜，褥子底下像是藏着有力气的人，把马万才激动得从床上直愣愣推坐起来。他揉着眼睛遗憾地叨叨着自己的笨："怎么就醒了？你傻啊！还没开口吃香肠就醒了？！……"

他重新躺倒在床上，捂住被子，想赶紧回到刚才的

梦里。他确实走进了梦里，却怎么也找不到那条通往香
肠房子的路了。

在梦里，他怎么疯狂地想走回到太平街上去，可还
是在八区街打转，离不开他的街道楼房还有路边的树。
离他最近的路灯也坏了，四周都是黑乎乎的。他心里像
是清楚了一件事情，他不可能再见到香肠房了。所以，
他坐在梦里的马路边上，心情和梦中的夜一样地暗淡，
伤心地哭泣了。

梦里见过它

男孩子惹事，最让大人头疼的是必须用钱解决。

越是缺钱，钱越管事。像马万才家庭这种经济情况的，在哈尔滨占百分之八十五。马大油饼领了工资回来，先要把口粮买回来，然后就是油盐酱醋。马万才经常记起爸爸把钱放在桌上，拿一张纸，嘴上叼着一根短铅笔头，想起该买的东西，就从嘴巴上取下铅笔头，在纸上记一下。折腾许久，再把纸上一些要买的东西划掉。因为超支了。如果自己家的孩子跟人家打架，扯掉了人家衣服上的扣子不算，撕坏了人家衣服，让人家流血了，费了口舌之后的赔偿，那是意外支出。很容易让一个家庭的经济出现短时间的崩盘和瓦解。

马万才对粮票油票肉票糖票的印象，也是从爸爸在灯下摆扑克牌一样精心摆弄大大小小的纸票开始的。

马万才问爸爸："你把它们锁在小铁盒子里，它们有钱重要吗？"

"当然重要！"

爸爸捏起一张纸票："这是什么？"

马万才摇头。

"肉票！没有它，拿着钱也买不回肉来！"

干力气活的马大油饼，在那一刻突然觉得已经上学的儿子，应该懂得更多的生活知识，所以，他又捏起一张纸票："这是什么票？"

马万才摇头。

"布票！"

"买布也要票？"

"没布票，你就得光着屁股上学去！"马大油饼的教育方式很极端，让儿子一下子就能看见自己最狼狈的未来。

马万才看见爸爸数完那些肉票油票后，把它们一张张码齐整，放在铁盒子里，上了锁。马万才看见那把小锁是铁皮锁，黑的，掉了一些漆。装着那些票子的铁盒子，也是铁皮的，掉了漆，上面的图案还依稀可见，像是月亮上的嫦娥，穿着白纱裙，她脚下是两只白兔子，一只白兔子的头上的漆被磨没了，只剩下一个身子。嫦娥的两只玉手托着一只精致的盘子，上面有三个比嫦娥脸还大的桃子。马万才在端详这个铁皮盒子时，眼睛不在意嫦娥的脸长什么样，他只记得三个大桃子的样子，它们要是真的，他该先吃哪个？怎么吃？一天吃一个，还是一天都把它们吃掉？……

有一天，马万才看见爸爸把铁盒子又搬出来数肉票和油票时，他问了一句："那兔子的头没了，像是被嫦娥吃了！"

爸爸瞪了他一眼："嫦娥是仙，不吃肉！"

"人，还有不吃肉的？"

马万才非常不理解，也不信。他问爸爸马大油饼，画着嫦娥端桃子的铁皮盒子原来是装什么的。

马大油饼说："是你爷爷活着时留下的。"

"它是装什么的？"

"应该是点心吧？"

"什么点心？"

"奶油饼干吧？"

"奶油饼干什么样的？"

马大油饼没吃过，也一时形容不出来，就想把这个石头一样的坚硬问题绕过去："也许是奶油夹心酒糖……"

"奶油夹心酒糖？"马万才第一次听到糖里还可能包着酒，也太神奇了。

"对！"

"酒怎么装到糖里的？"马万才对吃的问题穷追不舍。

马大油饼不耐烦了："一说吃的，一见吃的，你的两眼就放光。一说你的学习，你就说要撒尿，要拉屎！我再说一遍，这盒子是你爷爷留下的，到底它是装什么的，我也不知道。刚才说的奶油饼干、奶油夹心酒糖，我也没吃过！只听说过！"

马万才的妈妈埋怨马大油饼："你没吃过就没吃过，跟孩子喊什么？孩子也没吃过啊！"马万才爸爸听了，把嘴巴闭得紧紧的，脸上有点羞愧。马万才妈妈也不再说了，她知道自己的丈夫，他不说话，就是觉得自己不对了。

马万才也看见了爸爸脸上的羞愧，觉得自己非常不懂事，都把爸爸逼羞愧了。为了安慰爸爸和妈妈，他说道："我长大了，一定让你们吃到所有好吃的东西！我们住的房子，也是用香肠盖的！"

马万才的话太突然，太跳跃，让马大油饼没太听清，他回头问马万才："你说，我们住的房子，是用什么盖的？"

"香肠！"

"用香肠盖的房子？"

"用香肠盖的房子！"

"你怎么想的？"马大油饼摇着头说。

"你不信？"

"打死我也不信！"

马万才转头对妈妈说："我要用香肠盖房子，我爸不信！"

妈妈笑起来："傻儿子，妈也不信！"

"傻瓜，你这种念头怎么来的？"马大油饼问儿子。

"你说过的！"

"我说过的？我怎么不记得？"

马万才没回答，没法回答。他不能说自己做过一个梦，在梦里见识过用香肠盖的房子。如果这样承认，爸爸肯定不说自己是傻瓜，而是骂自己是头号大傻瓜。

"就这么一想……"

"就这么一想，就能想到房子是用香肠盖的？"马万才的爸爸想要说出挖苦儿子的话，站在一边的马万才妈妈接过话头，像是给这个带点辣味的锅里浇了一瓢冷水："儿子这么想，就是想吃香肠了！"

马大油饼不说话了。他接不住马万才妈妈的话，因为他不能买香肠，家里的钱，没有这笔支出。

当马大油饼出门干活去时，妈妈问儿子："你怎么想到用香肠盖房子？"

马万才反问道："妈，吃不起香肠，我连想都不能想吗？"

听见儿子这么一说，马万才妈妈的眼圈就慢慢地红了。在儿子看她时，她就把脸转到一边去，小声说："今晚，妈给你们做爱吃的手擀面。"

在学校吃中午饭时，马万才发现张刘盛的三层搪瓷饭盒里，秋林生产的香肠和粉肠，只是点缀，不是主菜。今天是粉肠，明天肯定就是香肠了。他带的主菜大多是红烧猪肉，或是炸带鱼，还有烧排骨，排骨里还有两个蛋。那两个蛋的颜色跟排骨一样油汪汪的，亮晶晶的，红红的，像是艺术品。粉肠或是香肠，张刘盛只是在快吃完饭时，才拿起来，只被他咬一口，就放在饭盒里了。

在张刘盛打开三层搪瓷饭盒吃第一口饭时，马万才就盯着那根粉肠，一直盯到那根粉肠被张刘盛随意地咬一口放在饭盒里，直到他结束了午餐，那根吃剩下的粉肠消失在搪瓷饭盒里。

"看看人家张刘盛，连粉肠都不想吃了……"马万才咽了一下口水。他真希望自己就变成馋巴巴的狗，冲上去叼住那根粉肠，不顾颜面地吞到肚子里。狗可以，他不可以啊！

那天的中午，马万才匆匆吃完了饭盒里的饭，抬起脸看时，胡星安拿着一根粉肠，一边吃，一边又在教室里乱窜。

张刘盛拿着粉肠不奇怪，他胡星安竟然也拿着粉肠在吃，马万才感到惊奇。他站起身看坐在前排的张刘盛，看他面前的三层搪瓷饭盒。张刘盛的饭盒盖还没盖上，平时带来的香肠或是粉肠就摆在第一层上。没了。竟然没了。

马万才又抬头看着胡星安，他确实在吃那根粉肠。"张刘盛把粉肠给了脏眼吃了？"马万才因为馋带来的嫉妒，让他死死盯着胡星安，眼睛没法离开他手里的粉肠。

胡星安享受粉肠的时候，他兴奋的目光跟马万才的目光在空中相撞，碰出了火花。胡星安在马万才快要冒火的眼睛里，识别出嫉妒和问号。他不用马万才开口询问，就举着那段粉肠说："我刚刚买的！"

"你买的？刚刚？"马万才搞不懂了。

"好香啊！"胡星安当着马万才的面，也是在全班同学的众目睽睽之下，咬了一口粉肠。

"你在哪里买的粉肠？"

"在张刘盛那里买的！"胡星安的嘴巴里还在嚼着粉肠，在说话时，嘴巴里的粉肠像是要掉出来，告诉他，吃这么金贵的粉肠不能一心二用。胡星安忙用手堵住嘴巴，不让粉肠掉出来。

这时，马万才看见很多同学都转头盯着张刘盛，刚才马万才跟脏眼的对话大家都听见了。他们都想知道脏眼手里的那根粉肠究竟是怎么来的。

张刘盛不知道大家在看他，低着头在做自己的事。

被馋虫折磨得昏头涨脑的马万才，就是想在馋死之前搞清楚这件事情，脏眼真的买了张刘盛那根粉肠吗？

脏眼吃着粉肠，看着马万才，像是鼓励他，去问张刘盛吧！

马万才走到张刘盛面前，停顿了一会儿，当张刘盛抬起头看着马万才的脸时，大家才听见马万才是这样问话的："脏眼没骗你的粉肠吃吧？"

这一问，代表了很多同学心里的猜疑。因为脏眼家的生活也不富裕，跟大家一样，还比别的同学家多了两个弟弟，他上哪里有零钱买粉肠吃？这一问，也让脏眼愣住了，他冲着马万才吼道："什么叫骗啊？告诉你了，我是买的，买的！！"

脏眼红头涨脸的冲动样子，让马万才发晕了。他望着张刘盛，希望他开口说话。"他从你那儿买的？"马万才问出这句话，有点后悔。因为自己的嘴馋和嫉妒，被彻底暴露出来。

同学们都看见张刘盛的两只手在自己的口袋里摸，掏了半天，终于掏出一张纸票，托在手上，让马万才看。

"二两糖票？什么意思？"马万才一开始不知道张刘盛拿出二两糖票做什么。但是，他一下子反应过来："脏眼用二两糖票买你的粉肠？"

张刘盛点头："我们家的人都爱吃糖，糖票不够！"

马万才突然觉得脏眼比自己聪明，能想到用糖票买张刘盛的粉肠吃。自己怎么没想到？他知道，有很多家庭的肉票和糖票用不完，是因为没有钱去消费肉和糖，所以剩下一些肉票和糖票，等到家里的钱富余时，再拿着钱和肉票糖票把肉和糖买回来。

马万才打定了一个主意，回到家，也拿出点肉票和糖票，从张刘盛那里换根粉肠吃。这样一想，马万才觉得这一天特别兴奋，特别有希望。

画着嫦娥的铁盒子在一个棕色木箱子的上面，它里面装着多少粮票肉票糖票，马万才一点都不清楚。

看到铁盒子上面的锁，马万才突然觉得不安起来。他在学校里，把这件事情想简单了。原以为是把家里不用的糖票拿出点儿来换粉肠，毕竟不是钱啊。他拿的是糖票，不是钱，不能算偷吧？现在，他犹豫起来，他要是背后私自打开了这个锁，那就是偷了。

"你抱着铁盒子看什么？有时间看看书不行吗？"妈妈突然在他身后说道，吓了马万才一跳。

"你什么时候站到我身后了？吓我一跳！我看看上面的嫦娥……"

马万才把铁盒子放回到原处，心里还是一阵阵的狂跳。他觉得心里的那个"小偷"，在行窃之前，被妈妈抓住了。

但是，马万才还是问妈妈："妈，肉票粮票糖票很值钱吧？"

妈妈疑惑地看着儿子的脸："你突然问它干什么？"

"想知道！"

"说它值钱，它就值钱。说它不值钱，它就是一张小纸片！"

马万才摇了一下头，表示不明白。

妈妈说："说它值钱，没有它，买不来肉，买不来糖！说它不值钱，就是说你没有钱的时候，拿着它没用，什么也买不来！明白了？"

"有点明白了！"

妈妈要转身走时，马万才又问道："妈，为什么有人需要糖票肉票？"

妈妈说："那是因为人家缺肉票和糖票，人家不缺钱。"

"咱家缺钱？"

"不缺钱，铁盒子里的糖票肉票油票都攒了一沓子了！"

"攒了那么多票，有用吗？"

"怎么没用？钱多了，票就有用了！"

"家里什么时候会有钱？"

"你没看见你爸除了上班，星期天都在干零活，就想多挣点钱……"

马万才突然问："妈，我们是不是挺穷的？"

妈妈瞪着儿子："为什么这样问？"

"我觉得挺穷的！"

"大多数人都像我们这样生活，可妈没觉得穷！看见你上学了，一天天长高了，妈妈觉得很有奔头！"

"妈说的奔头，是说我长大了会挣很多的钱，想吃什么就买什么，想吃秋林香肠，买！想吃秋林粉肠，买！想吃大虾糖，买！想吃白砂糖，一打开咱家糖罐子，里面的白砂糖装满了要流出来，什么时候想吃，就抓一把……"

马万才使劲说着以后的生活图景时，妈妈已经背过身去。马万才不知道，他的一番慷慨陈词，把妈妈的眼睛说红了。

脏　眼

　　马万才发现，脏眼胡星安用糖票买张刘盛的粉肠吃，已经成了他们俩之间的固定交易。从周一到周五，脏眼有三四回都拿着一根粉肠在教室里乱窜和招摇，把馋嘴的男生眼睛里的馋虫都勾出来了。女生也想粉肠，只是偷偷地想象粉肠的滋味，然后就悄悄地咽一下口水。

　　那天，脏眼没用糖票买张刘盛的粉肠吃，大家都在教室里安静地吃午饭，脏眼也不乱窜了。他坐在自己的座位上很安静，安静得让所有同学都不习惯了。

因为脏眼的腿有点瘸了。

"你的腿怎么了？"马万才问脏眼。

脏眼不看马万才，眼睛望着别处："不小心摔了……"

"摔了？"

"摔了……"

"在哪里摔的？怎么摔的？"

"我腿摔了，你问这么多干什么？"

"我想知道！"

"我在路上摔的！"

"废话，你不在路上摔的，还是在天上摔的？"

"你知道我不是在天上摔的你还问？"

马万才不问了，但是，他的眼睛一直落在脏眼的脸上。

脏眼说："你老是看我干什么？"

马万才说："你让我看看你的腿！"

脏眼吃了一惊："你看我腿干什么？"

"看看你的伤！"

"我不想让你看!"

"我想看!"

"你到底想看什么?"

"我就是想知道你的腿是摔的吗?"

脏眼不跟马万才争执了,想躲掉。马万才没让脏眼躲掉,而是拽住了脏眼的胳膊。脏眼一下子火了:"你给我撒开!"

马万才没松手。

"撒开!"脏眼大叫起来。

马万才见他真的急了,就松了手。但是,马万才的嘴没罢休,说道:"你让你爸揍了吧?"听见这句话,脏眼的眼睛里着了火,像是又被泼了一盆水,火星子和烟灰冲腾而起:"你说什么?我让我爸揍了?"

"你肯定让你爸揍了!"这个想法,在马万才心里越来越清晰。

"我爸揍我干什么?"脏眼急了,他觉得千方百计想隐藏的秘密要暴露了,想用自己的发怒来压制对方。

　　马万才见脏眼恼羞成怒，就更坚定了自己的推理和猜测。

　　"你偷家里的糖票跟张刘盛换粉肠吃，被你爸发现了……"马万才刚说了两句，脏眼像一只遭到打击的动物，啊地大叫一声，朝马万才直扑过来。

　　脏眼很容易就跟马万才的身体纠缠在一起了。像两只在街上抢骨头的小狗，看不出谁的力气大，也看不出输赢。但是，同学们都看出两个人很疯狂。这时，坐在最后排的男生古力冲过来，用两只手把他们两个人的身体撑开，但是，脏眼和马万才的身体还往一起凑，像两块吸铁石，要费些力气才能把两个人分开。同学们都觉得，班主任陈老师不在，男同学闹事情，只有古力能平息纠纷。第一，他个子大，不然，不会安排他坐最后一排。第二，他手大，有同学叫他大手，不然，陈老师不会让他担任班上的劳动委员。

　　陈老师还在办公室里吃午饭，听说班上闹起来，就赶到班上。他正看见古力站在脏眼和马万才中间，两只大手撑住他们，不让他们有身体接触。

马万才和脏眼的上身让古力撑开，但是，他们俩的下身不闲着，抽空就踢出一脚。两个人踢出的脚，有几脚踢到了拉架的古力腿上，古力就恼火地喊："你们踢到我了！"马万才和脏眼不管不顾，恨不得自己像螃蟹一样长出无数条腿来。

"古力，你把手松开，我看他们还敢打架吗？"陈老师站在教室门口，大喊一声。

古力很听话，听见陈老师让他松手，就把手松开了。没想到，脏眼和马万才又扑到了一起。

陈老师快步冲过来，一把将两人扯开，像古力一样，站在中间，一手撑住一个，把眼光在两人脸上扫着："疯了，没完了是吧？"

陈老师的两条胳膊上都戴着灰布套袖，上面除了粉笔灰，还是粉笔灰。脏眼和马万才的下巴底下，就是陈老师的手和套袖，他们能闻见粉笔灰味道，都把脸转到一边去了。

"你们不服是吧?"陈老师看他俩把脸别过去,没想到是自己套袖上的粉笔灰呛着他们,还以为不服气。

两人还是不看陈老师,继续歪着头。

陈老师冲着脏眼的脸说道:"你不服,是吧?"

脏眼闻到了陈老师嘴巴里冲出来的浓浓的大葱味道。

陈老师又问马万才:"你不服是吧?"

马万才也闻到了陈老师嘴巴里的大葱味道,除了吃大葱,还有大酱。他知道陈老师愿意吃大葱蘸大酱,没想到陈老师这么不顾别人的感受,近距离地用嘴巴里的大葱和大酱的混合武器折磨人。

马万才明白,想挣脱陈老师的手,必须跟陈老师说自己服了。所以,马万才说:"我服!"陈老师立即松了马万才,马万才赶紧后退两步。

陈老师转头问脏眼:"你呢?"

脏眼还是扭着头,不说话。脏眼不说话,陈老师的手就撑在他下巴上不动。"我问你,服吗?"陈老师的嘴巴继续近距离朝脏眼的脸上喷射大葱子弹。

几番大葱武器进攻之后，脏眼看见站在两米远的马万才脸上有笑意，是嘲笑。他刚要再一次发作，突然明白了什么，马万才是在嘲笑自己的愚蠢。他看见下巴底下陈老师怒气冲冲的手，还有陈老师嘴巴里跟毒气弹一样的大葱味道，才知道马万才很聪明地已经脱离了"危险"。

脏眼说："我服，谁说我不服？"

陈老师的手没松开："你的口气不像服啊？"

脏眼急了，觉得自己跟马万才说了一样的话，陈老师还没对他松手："我说了'我服了'！"

"真的服了？"

"服了！"脏眼的眼泪掉出来了。

陈老师松开了脏眼："你们真不让我省心啊！都继续吃午饭！"说着，走到古力面前，嘱咐了一句："有什么事情，告诉我！我今天心情不好，也有点冲动，对老师不要见怪！"说完，他转身离开了教室。

同学们以为事情过去了，都安静地在座位上吃饭。

这时，却听见脏眼一个人坐在自己的座位上抽泣起来。大家都回头去看，脏眼垂着头，肩膀一抖一抖的，瘦瘦的身体里藏着很多委屈。不抖动肩膀，委屈就排不出来。

他一哭，女同学们最先不安了，都对脏眼流露出同情。

马万才也不安了，觉得脏眼很倒霉，除了挨爸爸的揍，还受到陈老师的"折磨"，他不委屈地哭才怪呢。

马万才在座位上搓着自己的手，越搓越痒，不知道怎么安慰脏眼，想了一会儿，觉得自己的嘴欠，为什么非要说脏眼的腿是被他爸爸揍瘸了？脏眼瘸着腿上学，已经很是难堪了，他马万才又把脏眼偷家里糖票换粉肠吃的隐私翻出来，等于把脏眼的最后一件衣服扒了，让脏眼光着屁股站在大家面前。要是自己被扒光了呢？肯定也会疯了，搞不好，自己比脏眼疯得还厉害。

这么一想，马万才觉得对不起脏眼了，只能偷偷地看一眼胡星安，希望他把肚子里委屈都吐干净了，别再一抽一抽的了。

　　女生肖文文离脏眼很近，忍不住对他说："别哭了，胡星安……"

　　没想到，肖文文关心的话一出口，让脏眼哭得更厉害，像大坝溃堤了，伤心的泪倾泻而出，堵也堵不住了。

　　没人再敢劝脏眼了。大家都看见脏眼不停地用袖子擦脸，把自己的袖子都蹭亮了。谁也不再说话，连吃饭的声音都变小了，担心不知道是哪一种声音，会哭垮脏眼。

　　这时，张刘盛站起身，转头看了一下脏眼，把自己已经吃完饭盖好的三层搪瓷饭盒打开，拿起那根没吃的粉肠，走到埋头哭泣的脏眼面前，放在他的桌子上："吃吧……"

　　脏眼抬头看了一眼粉肠，抬起可怜的泪脸，对张刘盛说："我没有糖票……"

　　"不用，送给你吃的！"

　　所有同学都看见，脏眼不哭了，他是含着泪把粉肠吃了。他第一次没有拿着粉肠在教室里乱窜。

很多同学默默地用眼睛偷偷地看着张刘盛，大概都觉得张刘盛的行为挺了不起。马万才觉得，张刘盛简直是一个伟大的人，他能把自己的那么长的一根粉肠，白白就送给了脏眼。

马万才还想到另一个问题，眼泪也能换粉肠吃。

生　日

　　马万才对香肠的迷恋憧憬就像做一个长长的梦，还没做完，就上了四年级。从一年六班、二年六班、三年六班，一直到了四年六班。

　　一九五八年，上了四年级的马万才没耽误接着做香肠梦。其中一个梦，竟然重现了很多次，一连做了四年：一根香肠在马万才的前面跑，他在后面追。那根香肠撅着屁股，回头嘲笑马万才："你追上我，我就是你的!"马万才跑疯了，那根香肠就在他前头左拐右冲，近在咫尺，伸手可得，就是抓不住。他失望地哭了，是歇斯底里的痛哭。妈妈拍了他一下："醒醒，醒醒！这孩子，在梦里哭起来了，受了什么委屈啊？"

他刚刚做的梦，是玩命追一根香肠，还追不上，他可说不出口。

"梦见什么了？"

"梦见一只狼，咬掉了我的半个屁股……"

妈妈张着嘴，愤愤不平地说："一个馋肉吃的孩子，却被梦里的狼啃了半个屁股，不哭才怪！下次做梦，你可要看好你另外半个屁股，一个没屁股的孩子，多难看啊！"

马万才还没从窝囊的梦中走出来："妈，我可没心情开玩笑！"

女生肖文文那天上学穿了一件新衣服，紫色的，两个明兜是黑色的，让全班同学的眼睛都亮了。女同学都围着肖文文，摸摸她的衣襟，又把手伸进她的口袋里试试。"好漂亮！""我回家也让我妈做一件！"……

"肖文文，没过年，怎么就穿上新衣服了？"大家都认为过年才穿新衣服的，没过年没过节的，肖文文怎么就穿上这么好看的衣服了？

"今天是我的生日！"马文文说。

几个围着她的女生都张大了嘴巴："过生日就给你做新衣服了？"

"我过生日，我妈才给了我一毛钱！"

"我爸给了我一块糖！"……

肖文文的紫色新衣服，让女同学们好羡慕啊！

那天晚上，马万才问妈妈："我过生日，妈会给我礼物吗？"

"生日？你怎么想到生日了？"

"今天有个女同学过生日，她妈给她做了一件新衣服，很漂亮！"

"不是谁家的妈妈都会在孩子过生日时做新衣服的！"

"我是问，妈妈会给我买什么，我可没敢要新衣服！"

"你想要什么？"

"一根香肠！"

"就知道吃！"

正说着话，门开了，爸爸站在门口，不朝屋里走，只是低头看着自己从头到脚脏兮兮的工作服。马万才看见爸爸的工作服除了铁锈，全是湿的，还有一股子下水道的臭味。

妈妈说："把衣服在门口脱了，让万才把它们抱到卫生间去！"马万才看见爸爸在门口脱掉工作服，脱掉裤子，把鞋也蹬脱了，只穿着一条短裤，光着脚走进卫生间。

马万才抱起脏工作服时，问妈妈："爸今天这么脏？"

"看样子，你爸是帮着别人家干活去了！"

这是四月，哈尔滨的天还是很冷的。马万才看见爸爸躲到卫生间狭小的空间里，用一盆凉水匆匆洗了洗脸，擦了擦脖子，然后套上干净衣服走出来，坐在椅子上，倒了一铁缸子开水，咝溜咝溜地喝起来。

马万才和妈妈站在爸爸面前，等他喝完了水，讲讲到底发生了什么事情。爸爸喝了一通水，抬头跟马万才的妈妈说："我饿了！"妈妈听了，赶忙去厨房，把饭端出来。马万才看见爸爸端碗的手一个劲地抖，就问道："爸，你病了？"

爸爸不回答，却对他说："好好吃饭！吃饭都堵不住你的嘴！"

马万才是关心爸爸，反被爸爸训斥了，就翻了一下白眼。

妈妈心疼地看着马万才的爸爸，对儿子说："你爸累了！"

爸爸又瞪了一眼马万才妈妈："跟孩子解释这个干什么？快吃饭！"

马万才却又问道："爸爸干什么活这么累？"

爸爸把筷子啪一声摁在桌面上："你吃不吃饭了？"

马万才把头低下，不敢抬头看爸爸，也不敢再问了。爸爸吃饱了肚子，心情好了许多，开始骂刚才干过的活:"到了秋天,那家的暖气管子要加压试水,突然就爆了,水喷出来!有人知道我能干这活,就去找我,等骑着自行车赶到那家时,他家里的水已经从二楼门口流出来,顺着楼梯流到一楼。可惜一楼人家的地板,全泡了。我用了二十分钟,才把他家的暖气管道堵上。带水作业,把我浇成了水鬼!"

"爸,你没吃油饼?"马万才关心的是,爸爸帮人家干了活,应该吃到几张油饼啊!看爸爸回到家饿狼一样,愤怒地对待自己的胃口,就知道爸爸没混到一张油饼。

爸爸端起水缸子,喝了口水,没咽,咕噜三声,才咽了。妈妈在一边说:"先把毛背心穿上,天凉了!"

马万才看见爸爸听话地朝身上套毛背心,毛背心是黑色的,早褪色了,四周边缘的颜色褪得更明显,能看出黑毛线原来是白线染成的。

"我在帮二楼人家修暖气管子的时候,一楼的男主人气势汹汹地找上来,抓着二楼的男主人去一楼看看屋子里被淹成了什么样子！我修好了暖气管子，两家的赔偿也谈成了。二楼的人赔了一楼人家三块钱、一斤二两糖票、八两肉票、五斤粮票……"

"这么麻烦？为什么不赔钱？"马万才觉得哪里有这么赔人家损失的。

"没钱，才用粮票肉票糖票顶账的！"

夜里十点了，马万才看见爸爸躺在床上，还是秋天，就盖上了厚被子，上面还搭上一件冬天才穿的蓝色棉大衣。妈妈跟马万才说，爸爸下午给人家抢修暖气管子时，被冷水浇了，感冒发烧了。

"让你爸焐一焐，捂出汗就好了！"妈妈说。

"不吃药吗？"马万才问。

妈妈说："你爸说他身体好，根本不用吃药！我跟他说，用白酒给他擦擦身体，退烧快，你爸说，白酒还留着喝呢，擦身子不浪费了吗？"

马万才探头看了一眼床上的爸爸，看见爸爸的脸色很红，喘息很重，盖在他身上的被子和蓝棉大衣，上下起伏，像山包在动，要发生地震和火山喷发。

马万才要睡觉时，闻到厨房里有香味传出来，他跑到厨房，看见妈妈在煮面，还打了一个鸡蛋放在锅里。

"妈，半夜了，给谁煮面？还放鸡蛋？"

"你爸饿了。"

马万才抽抽鼻子，说道："我也饿了！"

"睡觉去，刚吃完饭，饿什么饿？睡觉去！"

"我也吃鸡蛋！"

妈妈把锅盖扣上，回头望着马万才："为什么给你爸煮面放鸡蛋？除了他发烧了、病了，还有，还有……"

"什么？"

"今天，是你爸的生日！今天要不是你提起女同学过生日买新衣服的事，我都忘了你爸的生日了！"

马万才低着头说："妈，我过生日，不吃鸡蛋。我只想吃一根香肠，粉肠也行！"

妈妈点头："我答应你！"

"妈说话算话！"

"算话！"

马万才搂着妈妈，把脸贴到妈妈脸上，假装婴儿要吃奶的样子："妈，就要吃香肠……"

妈妈说："给你吃给你吃！"

马万才回到小屋里，把门虚掩着，留一道缝，听见妈妈把鸡蛋面端进爸爸卧室，又听见爸爸吃面条的声音。

一直等到爸爸吃完了那碗面，马万才躁动不安的心才安静下来。十一月二十一日是他的生日，还有近两个月。他再一次用心算了一下过生日的日子，刚才像是烘烤过的心，就凉下来，有点失望了。

又过了一会儿，他真的饿了。但是，他已经困了，迷迷糊糊睡着了。

第二天早上，马万才听见爸爸在房间里的重重的脚步声。爸爸起床了，又准备上班去了。"爸，你病好了？"

爸爸说："一点感冒，没事的！昨天夜里，你妈给我做了长寿面，还卧了鸡蛋，不好还行？不好都对不起那个鸡蛋！"

"爸，我长大了，也会像你一样棒吧？"

爸爸没理解儿子说的"棒"是指什么："像我一样？我哪里棒？"

"身体啊！"

爸爸本来伸手要推门了，听了马万才的话，突然把手收回来，望着马万才说："我可不想让你跟爸爸我一样！我想让你成为一个靠这儿吃饭的人！"爸爸用一根粗手指点着自己的脑瓜门儿："靠这儿吃饭！别像我，靠出傻力气！"

爸爸一走，马万才回头看着妈妈。妈妈说："你爸的意思很明白，让你好好读书！"

在学校，马万才问劳动委员古力："你家里人给你过过生日吗？"

"我们哥四个，谁也没过过生日！"

"为什么不过生日？"

"哥四个年年都过生日，花多少钱啊？过不起生日！"

"过不起？"

古力说："这是我爸说的！"

"你爸说过不起就不过生日了？"

"我爸不给我零花钱怎么过生日？！你说，怎么过？我过生日那天，推开我家窗户，对着大街上的人喊，今天我过生日了！就算过生日了？你说，这叫过生日？"

马万才点着头说："没钱过个屁！"

古力笑起来："没钱就是过个屁！"

马万才放学回家，发现家里放着小铁盒子的边上，摆着两瓶苹果罐头。他觉得自己的眼睛都快要跑出来了，他捧起一瓶罐头左看右看，恨不得把罐头瓶子一起吞到肚子里。妈妈进来了，对马万才说："快放下！"

"怎么有钱买苹果罐头吃？"

"哪里有闲钱买罐头？你爸爸帮着修暖气管子的主人，听说你爸修暖气管，被水淋病了，买了两瓶罐头来看你爸爸的！"

"我能吃吗？"

"一瓶给你爸爸留着，一瓶给你留着！"

"为什么留着？我那瓶罐头不用留，现在就吃！"马万才可等不及了。

"留到你生日吃！"

"又到生日才吃？等到那时候，我就该死了！"

妈妈拍了一下他的头："你死了，就都留给你爸爸吃！"

马万才瞪着苹果罐头，像是面对仇敌，恨恨地说："等我吃完了它，再死！"

妈妈听了，笑起来。

马万才回头瞪了一眼妈妈："有什么好笑的？"

妈妈不笑了，却说了一句："儿子生日快乐！"

马万才心里酸了一下。

那天放学时，马万才刚刚走到太平小学的大门口，看见班主任陈老师站在那里，被班里几个女同学围着，在看什么。马万才也跑过去看，原来是陈老师用旧报纸糊了一个鲸鱼风筝。陈老师还在风筝上用墨汁给鲸鱼涂了两只大大的黑眼睛，让风筝看上去很漂亮很精神，就像活了一样。

马万才问陈老师："老师是给自己糊的风筝？"

陈老师摇了一下头："我哪里有时间放风筝，是给我儿子糊的！"

"怎么想起给儿子糊风筝？"

"今天是他的生日！"

马万才和同学们都知道陈老师有儿子，但是，谁也没见过，也不知道陈老师的儿子叫什么。陈老师儿子的年龄，应该跟他们差不多大吧？教音乐的王慧老师的女儿在太平小学读书，教数学的刘炳琴老师的两个女儿和一个儿子都在太平小学就读，为什么陈老师的儿子不在太平小学上学呢？这真是一个谜啊！

陈老师走出太平小学的大门时，他背着鲸鱼风筝，鲸鱼的大嘴巴张着，正对着陈老师的后脑勺，陈老师的瘦瘦的脑袋和瘦瘦的身体，就像是身后鲸鱼的猎物……

陈老师有一个儿子

有一次，女生肖文文突然问陈老师："陈老师，听说你有个儿子？"陈老师本来是低头在讲台上批作业，有同学问话时，他是不抬头的，一边不停地批作业，一边回答同学的问话。但是，他听到肖文文的问题时，手里流出红钢笔水的笔在作业本上游走时，突然顿住了，并抬头看着肖文文。

"他叫聪聪。"陈老师说。

"聪聪？名字真好听啊！聪聪的名字多好听啊！"肖

文文拍着自己的手。很多女同学都说聪聪的名字好听。

陈老师不再回答，低头继续批作业。但是，他手里批作业的红笔不停地在一个同学的作文本上来来回回地移动，批不下去了。

肖文文看见陈老师的心思不在批作业上，就提醒陈老师："老师，红钢笔水滴到本子上了！"

陈老师嘴里发出"哦哦"抱歉的声音，慌忙把手里的钢笔拿开，抓起讲台上的一小截白粉笔，去吸滴在本子上像血一样的红墨汁。

马万才当时离讲台很近，他凑过去看了一眼作业本，那滴红墨水，像是从陈老师垂着头的眼睛里掉出来的。

这点联想，让马万才心里一颤。

女生肖文文和几个围在讲台边上的同学都发现陈老师不再抬头，也不再说话。沉默了不到一分钟，陈老师站起身，合上没有批改完的作文本，抱起一摞本子，走出教室。

肖文文问其他同学："我刚才说错话了吗?"

"没有啊。"

"陈老师好像不高兴了。"

"不是好像，就是不高兴了!"

肖文文有点紧张起来，脸都涨红了："我刚才……刚才，只是问了一句，陈老师是不是有个儿子，对吧?我没说别的，对吧?"

"我们都听清楚了，你只问陈老师是不是有个儿子……"

"那……后来呢?"肖文文一紧张，不敢肯定自己到底说错了什么话，到底说了什么不该说的话。

"后来，陈老师告诉我们，他有个儿子叫聪聪!"

"对啊，我想起来了，我们还夸聪聪的名字好听，是吧?"

几个同学都点头。

"夸聪聪的名字好听，不算错话吧?"

"当然不算错话了!"

"但是，陈老师真的不高兴了！"

几个同学又点头。肖文文和几个同学判断出陈老师真的不高兴后，她们的心情也沮丧起来。

马万才也看出陈老师的坏心情了。他跟着陈老师走出教室，看见陈老师将一摞作文本放在走廊的窗台上，把两只套袖从胳膊上捬下来，在窗台上抽打了一下套袖上的粉笔灰，然后又套在胳膊上。但是，陈老师并没有抱起那摞作文本回到办公室，而是两手撑住窗台，眼睛望着窗外，望了很久。

马万才觉得，陈老师的表情看上去太专注了，看得太久了，像是在等待窗外的杨树叶子慢慢变黄。

"陈老师很伤心啊！"马万才想。

陈老师终于抱起那摞作文本走了。马万才走到刚才陈老师待的那扇窗前，也把两手撑住窗台，学着陈老师的样子望着窗外。

他想知道，陈老师怎么了。

窗外的杨树叶真的黄了。马万才把手从水泥窗台上拿开，觉得水泥窗台已经发凉，把手上的热乎气很快就吸跑了。

班上的同学都在背后议论陈老师的儿子聪聪。其实，是在猜测那个叫聪聪的人。那个时候，陈老师的儿子聪聪成了一个神秘人物。

马万才所在的八区街跟太平小学只隔两条马路，只需步行上学就可以了。而陈老师的家住在马家街，要坐三站公共汽车。陈老师为了省下公共汽车票，买了一辆旧自行车，骑了好几年，那辆自行车已经看不出是什么牌子，几乎是东拼西凑出的。同学古力也住马家街，离陈老师家很近。古力每天比别人起得更早，提前走到太平小学。他家哥四个，古力是老二。他们没钱买车票。

同学们也不知道古力住马家街，跟陈老师家离得近。所以，也想不起来从古力嘴里打听陈老师儿子聪聪的事情。

那些日子，同学们都觉得陈老师变了。什么变了？陈老师变老了。大家都知道陈老师应该是四十岁多一点，现在看上去像五十多岁的老头。

女同学们对陈老师的外貌更加敏感，快嘴的肖文文在第一节语文课刚下课时，跑到陈老师面前，对陈老师说："陈老师，你没刮胡子？"

陈老师摸了一下自己的下巴，有点苦笑地说："忘了，太忙，老师忘了刮胡子。我看上去太邋遢了，是吧？"

"看上去比过去……老了，像我爷爷……"

陈老师突然认真地说了一句："岁月催人老啊！"

肖文文没听清，问了一句："陈老师说什么……老？"

陈老师换了一种解释："岁月是把杀猪刀！"

肖文文愣了一下："怎么又变成了……杀猪刀了？"

陈老师眼睛有点湿了："等你们长大了，不用老师告诉你，你就会知道了！"

又过了几天，马万才从古力的嘴里知道了陈老师家里的真实情况。陈老师离婚了。"你早就知道陈老师家的事情吧？"

古力吞吞吐吐地说："陈老师不让我说……"

"这是秘密吗？"

古力说："别跟同学们说！"

马万才说："行，我不跟别人说。那你见过陈老师的儿子吗？就是聪聪？！"

"他是傻子！"

"傻子？你说聪聪是傻子？"

"也叫智障……"

"傻子，傻子……"这个消息让马万才没有想到。古力用一只大手抓住马万才的胳膊说："别跟同学说！"

马万才龇着牙说："不说，不说，你抓疼我了……"

古力松了手，对马万才说："陈老师很可怜！"

马万才看了古力一眼，觉得古力比自己大，像个懂事的大哥哥。古力身上富有同情心，知道怜悯。当时，马万才还不太清楚，还认不出古力身上的东西是什么。就像在松花江上乘船，看见江面上有个漂浮的东西，大家都在猜测，以为是一条厌倦水底生活的鱼，想见见阳光，当船靠近，大家才看清是一个人在横渡松花江，在跟水搏杀。

生活离得近了，才看得清。

那天，脏眼胡星安突然在教室里喊了一声："陈老师的儿子是个傻子！"

大家都抬头看脏眼。

古力站起身，瞪着马万才，用一只大手指着他："你说的？"

马万才摇着头，很委屈："我没说！"

古力走到脏眼面前："谁说的？"

脏眼看见古力恼火的脸，有点胆怯，但是，他说了实话："我看见的！"

"你看见的？"古力不信。

"我亲眼看见的……"脏眼有点激动地辩解。

同学们都相信脏眼的话了。因为，脏眼有个习惯，他撒谎时，愿意歪着头跟人争吵。当他说真话时，就会直眉愣眼地跟人对峙。

古力没说话，闷头坐回到自己的座位上。

陈老师来上课时，不知道为什么，大家都非常安静。看着陈老师慢慢走到讲台上，像是背着一个沉重的东西，吃力地站在那里，背也直不起来。

陈老师看了一眼同学们，也觉得异常，就问了一句："今天这么安静？"他低头翻开语文书，又抬头问了一声："今天怎么了？这么静？"

教室里真静，同学们呼吸的声音都能听得见。

陈老师突然说道："在上课之前，我们唱支歌行吗？"

大家感到意外，怔怔地看着陈老师。

"今天，老师特别想唱歌……"

平时爱唱歌的女生连忙点头。

陈老师说："我先唱，大家跟着唱就行，这是大家都会唱的歌！……让我们荡起双桨，小船儿推开波浪……"

教室里的同学们开始跟着陈老师唱起来："海面倒映着美丽的白塔，四周环绕着绿树红墙，小船儿轻轻飘荡在水中，迎面吹来了凉爽的风……"

当唱到"迎面吹来了凉爽的风"时，同学们都看见陈老师的眼睛里全是泪水。看见陈老师眼里有泪，女同学们最先被感染，嗓子开始哽咽，含着泪的歌声传出，委婉而动人，让男同学们的心都变软了。

没过多久，同学们都知道，陈老师有一个九岁儿子、一个四岁女儿。他的妻子从山东来的，却在前些日子，带着女儿离开了陈老师，把一个有智障的儿子聪聪留给了陈老师一个人。陈老师的妻子，可能因为聪聪是智障，看不到聪聪的未来，也看不到自己的未来，所以离开了陈老师和聪聪。

马万才吃晚饭时，跟爸爸和妈妈说："我们班陈老师离婚了，他的妻子领着小女儿回山东了，把傻儿子留给了陈老师一个人……"

妈妈正吃着饭，嘴里的食物就从嘴巴里掉出来，吃惊地问："你们陈老师的儿子是傻子？那个女人离开他了？"

"是。"

"可怜的孩子!"妈妈把掉在桌上的一块馒头捏起来,塞进嘴里。

"妈,你说我们陈老师的那个傻儿子可怜吗?"

爸爸突然冒出一句:"都够可怜的!"

谁也想不到,马万才做了一件事,连他自己也想不到。他偷了家里的一瓶苹果罐头,带到学校,在第二节语文课下课时,悄悄塞进陈老师的包里。

到了第四节课,陈老师匆匆赶回教室,把那瓶罐头掏出来,放在讲台上,问道:"是哪位同学把这瓶罐头放进我的包里的?"

大家看见那瓶苹果罐头,眼睛都冒蓝光了。陈老师说:"我谢谢这位同学。但是,我不能收!所有的同学,每一个人,都需要这瓶罐头。我和在座的每一位同学的家长,收入都不高。这瓶罐头,很金贵!老师不能收!"

有很多同学都望着张刘盛,觉得只有他家最有钱,比别人家都富裕,他才有钱买罐头送给陈老师。

当陈老师把眼光也落在张刘盛脸上时，张刘盛站起身说："陈老师，不是我的罐头，不是我塞进老师包里的!"

"谁呢?"陈老师问。

马万才在心里下了狠心，决不承认是自己做的这件事。但是，但是，但是，他真的想吃那瓶苹果罐头啊!

他咬着牙，没有承认那瓶苹果罐头是他塞进陈老师包里的。

当天晚上，妈妈用她中指的关节，重重地敲了几下马万才的脑门："馋! 馋! 馋! 就等不及生日时再吃吗?"

马万才眼里有了泪，心里很委屈。但他不想说。晚上睡觉了，他听见爸爸在埋怨妈妈："你今天用指关节敲儿子的脑门，把儿子的脑门都敲红了，下手也太重了! 一瓶苹果罐头，孩子吃就吃了嘛! 打孩子干什么?"

"我没打啊? 只是用指头敲了几下……别说我了，我敲完儿子，也后悔了!"

"我虽然是干粗活的，但是，我觉得咱儿子心里不粗！我不舍得动他一手指头，我也不许你动他！尤其是不能动儿子的脑袋。"

"不动不动！再不碰儿子的脑袋……"

马万才听见了，把被子蒙住头，闷头哭起来。

他在被窝里喃喃自语："我没吃到那瓶苹果罐头，一口都没吃到！"他却吃到了自己刚刚流出的咸咸的泪。

班里第二个挨了爸爸揍的人

古力的爸爸是烧锅炉的，被单位派到哈尔滨郊区炼钢铁去了。那时，全国都在大炼钢铁。不会炼铁的都去炼铁去了，古力的爸爸能烧锅炉，炼铁是要用火炼的。这样，烧锅炉的古力爸爸差不多就是炼铁的技术力量了，肯定比别人更懂得炼铁。

马万才听古力说，古力的爸爸去郊区炼了一个星期的铁，回到家，古力差点没认出自己的爸爸，几乎瘦脱相了。

"你找谁?"古力家的哥四个像拦起一道大坝,拦在门口问。

瘦高的像影子一样在门外晃的人说:"找你们!我是你们的爸爸!连我都认不出来了?你们的饭都白吃了!"

古力哥四个朝后退了一步,大坝溃败了,惊恐地瞪着这个自称是他们爸爸的男人。古力朝下移动眼光,看见爸爸那双奇大的手,才认出面前的男人就是爸爸。

古力的妈妈闻声过来,一见丈夫黑瘦的面容,不理解地责备道:"一个星期,你们不吃饭吗?"

"吃啊!"

"吃饭了怎么变成这样了?"

"为了炼出铁来,几乎不睡觉,连轴转!"

古力问:"炼出铁了吗?"

"炼出一坨一坨的东西,不知道是不是铁。"

"都不知道是不是铁,炼它干什么?"

"反正比石头硬!"

古力听到这儿，问爸爸："比石头硬的就是铁？"

"铁肯定比石头硬！"

妈妈心疼地说："我给你做饭去！"

古力听见爸爸说："不吃不吃，我要睡觉！"哥四个看见黑瘦的爸爸又像个影子一样飘进卧室，就听见铁床吱吱地叫了两声，呼噜声就传出来了。

古力的哥哥上初二，从爸爸敲门到走进房间，再到倒在床上打起呼噜，他都没说话。古力问哥哥："咱爸他们能炼出铁吗？一个烧锅炉的，能炼铁？"

"瞎胡闹！"古力的哥哥说。

"全国都在炼铁，怎么是瞎胡闹？"

古力的哥哥看了古力一眼，见老三老四也在望着他，就对老三老四挥了一下手："我跟你们二哥说话，你们到一边玩去！"

老三上一年级了，觉得自己应该跟大哥和二哥平起平坐，公平交流了，不动，想听大哥和二哥聊什么。大哥伸腿踢了老三一脚："让你一边玩去！"老三不情愿地走了，离他们两米远，站着不动，耳朵竖着，还想知道两个哥哥要说什么神秘的话。

古力的哥哥拍了一下古力的肩："咱俩出去说！"然后回头跟老三说："别跟着我们，陪老四在家待着！"

"我不陪老四，我跟你们玩！在家没意思！"老三执意要跟着大哥和二哥出去。

大哥说："在家怎么没意思？陪着老四听爸爸打呼噜！谁家的大人，在大白天，能打出这么响的呼噜？听呼噜，别跟着我们！"说着，走出门，反手把门关上了。

古力跟着大哥走到街上，大哥一直朝前走，并没有停下脚步。走了好远一段路，古力问："哥，去哪里？在哪里都能说话，跑那么远干什么？"

古力的哥哥站住了："我又不想说了！"

"不想说，让我跟你走了这么远？"

哥哥说："我班上的同学天水的爸爸就是炼钢的工程师，他跟天水说，这样炼出的铁，没有用！"

"没用还炼？你看把咱爸累的！"

哥哥嘱咐古力:"别跟同学们提这种事,不好!"

"哪里不好?"

"不好就是不好。别跟同学们乱说,知道吗?"

古力虽然当着哥哥面点了头,但是,心里很不平衡。爸爸在郊区炼了一个星期的铁,好像是在炼爸爸,把一个原来结结实实的男人,炼成了一个飘来飘去的影子。

陈老师布置了一篇作文题目:"大跃进"的新鲜事。

马万才的数学不好,作文也不愿意写。他问陈老师:"作文让我们写'大跃进'的新鲜事,那'大跃进'有什么新鲜事啊?"

陈老师说:"都四年级了,平时要学会关心国家的大事。"

"怎么关心国家大事?"

"听广播,看报纸……"

马万才不说话了。他不愿意听广播,也不愿意看报纸。"不会写……"马万才挺沮丧。陈老师就启发马万才:"眼睛看到的,耳朵听到的,都可以写啊!"

"跟'大跃进'有关的事情都可以写?"马万才的口气有点兴奋,像是被陈老师点燃,写东西的火轰的一下子着了,想扑灭都不行。

周一,第一节课是语文课。陈老师点评作文。他从一摞作文本中抽出一本,说道:"我念一篇作文,同学们听听,看看有什么感受……"

陈老师这么一说,把大家的胃口都吊起来,很期待。"我家的楼下有人吵架,大早晨的,谁在吵架啊?吵得像个猪圈……"

班里有憋不住的笑声。

"先别笑,听我念!"陈老师让大家安静,他继续念那篇作文,"……我下楼一看,两个年轻的穿着蓝色工作服的人,一个人拎着刷子,一个人拎着白灰桶,正在墙上刷大字,刚刚写了三个字:'大跃进'……吵架的就是这俩年轻人和住在一楼的一对老奶奶和老爷爷。奶奶和爷爷说刷大字的年轻人把他们家一楼的玻璃溅上了白灰，让他们小心点。但是，两个年轻人说：'搞"大跃进"光小心怎么"大跃进"？"大跃进"就是大刀阔斧地"大跃进"，溅你家的玻璃上一点白灰算什么？……'奶奶和爷爷不干，非让两个年轻人把他们家的窗玻璃擦干净。我看见楼下的奶奶和爷爷气得够呛，就帮他们说话：'你们搞"大跃进"为什么把人家的玻璃搞这么脏？搞得这么脏还有理了？'没想到，那两个年轻人对我吼起来：'小屁孩，滚一边去！'说着，他们要用沾满了白灰的刷子刷我，我撒腿跑了。我觉得，这两个年轻人，像坏人……"

作文念完了，陈老师清了一下嗓子，问道："这篇作文怎么样？"

大家面面相觑，不知道陈老师是什么意见，所以，同学们也不敢轻易发表言论。

陈老师见大家不发言，就说道："我觉得这篇作文写得很真实！在我们的生活中，真实、诚实、说真话，比什么都重要！"

"谁写的啊？"肖文文问。

陈老师把眼光落到马万才脸上，说道："这是谁的作文？站起来吧！"

大家看见马万才羞涩地站起来，低着头，不敢看大家。

陈老师说道："因为它的真实，我给了它高分！"

教室里嗡一声，涌起一波惊喜和诧异混合在一起的浪。马万才抬起头看了大家一眼，坐下了。心里很舒服，受到老师表扬的感觉很好啊！

"我下面要说的这篇作文，让我想不到……"陈老师在教室里那波兴奋的浪还没平息，又掀起了一股浪花。

"这篇作文，不仅真实，还有一种文学魅力。"

大家的眼神里再一次充满了期待。因为，"文学"这个词很神圣，陈老师用过这个词，比方说，谈到苏联作家高尔基的时候，谈到保尔·柯察金的时候，动用了"文学"。今天，陈老师竟然针对一个同学的作文，使用了"文学",还和"魅力"一起奖励给了这篇作文的主人。

"这是谁的作文啊?"

"先听我念完,再告诉你们是谁写的作文好吗?"

有的同学竖起耳朵,有的同学张大嘴巴,像要吃东西一样渴望吃到这篇充满了文学魅力的作文。

"我的爸爸是一个烧锅炉的工人,他只上过一年的私塾。上个月,他去郊区炼铁去了,他说,咱中国现在最缺的是铁。我不同意,我对爸爸说:'爸,中国最缺少吃的!'爸爸的脸色很严肃,纠正我:'最缺铁!这是广播里讲的,不会有错!'我实话实说:'缺吃的!是不是缺吃的,我的肚子最清楚!'当时,爸爸用食指点了一下我的脑门。我爸爸没理的时候,总用食指敲我们的脑门。我们家哥四个的脑门,都被爸爸敲过,我哥哥被敲的次数最多。我哥上初中后,爸爸有时候改用脚去踹我哥哥了。我的脑门除了要学习,还得让爸爸敲!……整整一个星期,我们没见过爸爸。那天,我们看见爸爸时，我觉得爸爸变成了一个我们哥四个都认不出的人，爸爸像一个飘浮在空气中的影子，像鬼一样走进房间，又像鬼一样倒在床上打起了鬼一样的呼噜……那个晚上，我做了一个梦，梦见了鬼一样的爸爸，他要飘到大街上。我抱住他，爸爸的身体很轻，比纸轻，比羽毛轻，比空气轻。就是太轻了，我才感到了恐惧，我对他说：'爸，你这个样子吓到我了！你还是回到原来的样子吧！'……"

陈老师念到这儿，直接把古力叫起来："古力，我喜欢这篇作文。"

古力搓着自己的两只大手，像是要重新认识自己的手一样。他可能不相信，自己的手除了遗传了爸爸的大，有力气，竟然还能写出好作文来。他嘿嘿地笑起来，想不笑都不行，憋不住。

第二天上学，马万才看见古力时，觉得古力身上哪里有点不对劲儿，跟平时熟悉的古力不一样，又一时看不清。但是，看着古力，就是觉得哪儿不对劲儿。

当马万才从古力的左边站到右边时，才发现，原来古力的左脸比右脸肿了许多。"古力，你挨打了？谁打你了？"

"我爸……"

"为什么？"

"因为那篇作文……"

"你的作文跟我的作文一样，都受到陈老师表扬了。你爸为什么要打你？打这么重？左脸都肿了……"

"我那天回家，说我写的作文第一次被老师当全班同学的面念了。我太嘚瑟了，因为我的作文从来没受过表扬。我爸说，你念念，我听听。我开始念，没念完，爸爸就奖励了我一巴掌……爸爸问，他去炼铁了，为什么把他形容成了鬼？当时，我替爸爸委屈，我又重复了那天的争执，我捂着脸说：'中国最缺的是吃的！不是铁！'爸爸吼道：'广播说的还有错吗？'说着，还要打我，是我哥冲过来拉住爸爸，我才跑掉了。要不然，我的右脸也挨了巴掌，你更认不出我了！"

马万才为古力打抱不平："跟陈老师说，告诉他，让陈老师跟你爸爸讲理去……"

古力说："不想让陈老师知道。过一两天，我的脸就没事了！"

"你不恨你爸？"

古力摇了一下头："我爸好像也没什么错。"

马万才突然觉得心里有些难过。

古力的大手又搭在马万才的肩膀上捏了一下："别跟同学说，也别对陈老师说这件事儿！"

"我不说！"

"一定别说！"

"我不想说！"

马万才望着地上的落叶，用脚踢了一下，一片黄叶飞起来。那片黄叶像是躲着他的脚，他再踢时，裤脚就带起一阵风，黄叶就被卷起来，闪开了。

马万才走开时，还回头寻找那片不安的黄叶。他觉得那片黄叶很像自己。

聪　聪

　　陈老师一个人带着聪聪生活。他上班时，不能把聪聪一个人丢在家里。于是，班里的同学，除了古力，都亲眼看见了聪聪。

　　当时，正在上刘炳琴老师的数学课。这个星期，马万才那个小组，从靠近走廊的座位上，换到了临近操场的靠窗的位置上。马万才不喜欢数学课，也不喜欢刘炳琴老师。反过来说，也没有哪一个女老师会喜欢成绩最差的学生。

要说马万才的数学最差，也不客观。脏眼胡星安的数学比马万才还差，但是，刘炳琴老师不反感脏眼，因为脏眼嘴甜，见到刘炳琴老师就喊："老师好！"有时，在校外碰到，隔着一条街，脏眼看见走在对面街上的刘老师，就招手大喊着："刘老师好！"

刘老师会跟别的老师说："四年级的胡星安，数学很差，但是，很有礼貌！"

现在，马万才的眼睛很自然也很方便就转移到了操场上。操场上空荡荡的，没有上体育课的学生。操场是用黄沙铺成的，被压实了，经过脚踩和四季的侵蚀，就变成了黄土色，硬硬的，像一只巨大动物的光背。单杠立在那里，怎么看都有点歪。双杠呢？永远不是水平的，一个高一个低。篮球架子也陈旧了，本来是刷着蓝漆的，风吹雨淋之后，蓝漆掉了，露出木板的本色。篮球筐是粗麻绳编织的，经过一个四季，原来网状的筐，只剩下几根绳子垂落下来，像个早晨起床不爱梳辫子的女生，让头发随便散着，被风吹得乱晃，野小子一样跟着别人满操场瞎跑。

马万才终于看见篮球架的底下蹲着一个人，他基本不动，所以，一开始，马万才没有看出他是一个人。

他在篮球架的底下挖沙子吗？马万才想。

是聪聪。他在做什么啊？

马万才的头转向窗外的时间有点长，他自己是没法意识到的。站在讲台上的刘炳琴老师已经忍了半天了。

"马万才！"刘炳琴老师喊道。

马万才竟然没听到。他看着篮球架子底下挖沙子的聪聪，看得发呆，他不明白，挖沙子有什么好玩的？听说金子是从沙金里淘出的，聪聪专心在淘金吗？

刘老师不讲课了，一直盯着马万才，像是一个警察已经盯牢了正在行窃的小偷。她的意思很明白，马万才什么时候把头从窗户外面转回来，她什么时候再开口说话。

奇怪的是，刘老师不说话，教室里安静下来，马万才转回了头。刘老师走过来，对马万才说："今天放学，所有的同学都可以回家，马万才不行！"

"为什么我不能回家？"

"今天放学，你在教室里把今天的数学作业完成，我今天就批。做错一道，重新做。什么时候全做对了，你什么时候就可以回家！"

"全做对？"

"一道不许错！"刘炳琴说完，继续上课了。

马万才心里想，别逗了，我什么时候把烂数学题全做对过？！他把眼光再一次穿过两层布满灰尘的玻璃，望向篮球架的底下。聪聪跟教室里坐着的男孩子一样大，却像婴儿样，一直蹲在那里，那么迷恋挖沙子，就像是深海里的鱼，安静而沉着，对身边的礁石和海生物视而不见。

马万才特别想知道患有智障的聪聪在干什么。所以，他不停地东张西望，等待一直不响的下课铃声，怀疑那个负责摇铃的门卫大爷眼花了，看错了破桌上的又老又旧的闹钟，或是忘了摇铃。

铃声响了，刘老师还没喊下课，马万才就从她身边冲过去，跑向操场。他可没时间注意刘老师冲他背影冷冷地笑了一下。

这是马万才第一次近距离面对聪聪。不，不是面对，是近距离。因为在马万才看聪聪做什么的时候，聪聪一直坐在那里，埋头在地上玩着沙土。马万才只能看见聪聪的后脑勺，大大的后脑勺。

聪聪用一根比筷子短的木棍，把硬沙土掘开，掏出软土，让软土堆起一个像是大肉虫子一样的物体。

马万才仔细看，也没认出聪聪的土塑究竟是什么动物。

当他俯身用手指着地上的"动物"，问聪聪这是什么时，聪聪才发现身后站着一个人。他立即张开双臂，护着地上的"动物"。

马万才后退了半步："我不动它，你告诉我，它是什么动物？"

"我的……"

"我知道是你的！我想知道，它是什么动物？"

"我的……"

马万才见聪聪只会说"我的"，就有点急了，他从没跟智障人说过话，这么简单的问题，都交流不下去了。

"它是什么？"

聪聪的眼里有光，他指着自己的嘴巴。马万才看见聪聪的动作，好像看懂了聪聪手势的意思。

"你不会说对吧？我知道你不会说！"

上课铃声又响了。马万才只能回教室上课，在他转身刚刚走出几步时，脑子里突然闪了一下，他像是一下子知道了什么，又不敢肯定。他站住了，回到聪聪身边，蹲下身体，再一次认真地看地上聪聪创作了很久的土塑。

看了几秒钟后，马万才指着地上的"动物"说："聪聪，它是香肠！对吧？"

聪聪一下子抬起头来，眼里有掩盖不住的快乐。

"香肠？！对吧？"

聪聪张开嘴乐了。

这时，有老师朝着马万才喊道："上课了，操场上的学生是谁？哪个班的？上课铃响半天了！你没听见吗？"当马万才朝教室走去时，想到一个智障的男孩子跟自己的梦想一样，心里涌出一股心酸，他走到教室门口时，眼里竟然含着泪，他自己没有感觉。

是语文课，陈老师站在讲台上，同学们都已坐好了。"你怎么了？"陈老师望着马万才的脸问道。

"没事……"马万才走到自己座位上坐下。他弯腰落座时，眼里的泪才掉下去，砸到桌面上。他伸出一根手指，来回擦了几下，把它抹掉了。

下午放学时，刘炳琴老师出现在教室门口，站到讲台上，对马万才说："马万才，你现在开始做今天留的数学作业，做完了，我今天下班前批出来。我说过，你错一道题，所有的题都重新做一遍！"

马万才都忘了发生在上午数学课上的事，没想到，刘炳琴老师来真的了。很多同学看着马万才，都偷偷地笑。全都认为，马万才今天的日子很难过了。

同学们都走光了，只剩下讲台上坐着的刘炳琴老师和马万才。刘炳琴老师冷着脸，马万才一脸的焦虑，他知道自己躲不过去了，只能乖乖坐下，把书包里的数学书和作业本掏出来，摆在课桌上。

教室的窗外，有几个看热闹的男同学不肯离去，把脸挤到玻璃上，用变形的脸冲着马万才怪笑。脏眼的脸贴到玻璃上，像一只要啃吃玻璃的猩猩。

马万才越是偷眼瞪他们，玻璃上的脸就变得越快越夸张。

"你可以开始了，再不开始写作业，你半夜也回不了家了！"刘老师用手指敲了一下讲台，然后低头在看一本书。

今天留的是四道数学题。马万才听刘老师讲课时，都懂，一到自己解题时，就像捧了个刺猬，题上长满刺，没办法下手。

　　在马万才做题时，刘老师经常用眼光刺疼马万才的自尊心。……他终于做完了，走到讲台前，递给了刘老师。他的肚子已经饿了，有咕噜噜的声音响起来。

　　刘老师只用红笔在作业本上画了几下，就批出了结果。"你错了两道，重做！"说着，把作业本子上的那页纸撕掉了。

　　马万才心里想，坏了坏了，刘老师是要跟我决一死战的！

　　"我饿了，刘老师……"

　　"我也饿了。一家几口人都在等我做饭。但是，你不做对了题，你别吃饭，我们全家都不吃饭了！你开始做题吧！今天没商量！"

　　马万才重新做题，玻璃上的拥挤的几张脸已经没了，看热闹的同学都走了，谁不饿啊？

　　一个小时后，马万才的作业本被刘老师撕掉了七页，也就是说，马万才做了七遍作业，做错了七次。

　　二十页的数学本，变薄了。

天黑了。马万才哭了，他不是做不对四道数学题难过地哭了，是饿哭了。刘老师把一本新作业本摔到马万才面前："这是新本子，老师给你的！明天上数学课，脑袋瓜子再朝窗外看，还得饿着肚子做作业，听见没有？"

马万才都快哭抽了。

从教室里走出来，刘老师把灯关上。马万才却走到操场的篮球架子底下，低下头，看聪聪用沙土堆出的香肠还在不在。

"马万才，还没玩够？快回家！"刘炳琴老师站在黑乎乎的操场上喊。

马万才起身走了，还恋恋不舍地回头看了看，想再看一眼地上的那根看不见的土香肠。黑夜是只狗，香肠被黑夜吃了。

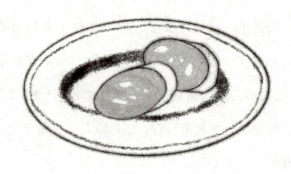

土香肠

　　陈老师的儿子聪聪智力不长，相当于两岁半的孩子。但是，他的个子长。聪聪又蹲在操场上的篮球架子底下用土堆出一根又粗又大的香肠时，他脚踝裸露出来，被秋天的风吹红了。他的裤子有点短。

　　马万才也蹲在聪聪边上，飞快用手拍出一根土香肠，跟聪聪的比起来，更像一根香肠。聪聪看见了马万才的"香肠"，两眼就直了。

　　毫无疑问，马万才的土香肠的逼真，把聪聪征服了。

马万才指着自己的土香肠说:"送你了!"

聪聪听懂了,原来是蹲着的,干脆一下子跪到了马万才用手拍出的土香肠面前,呆呆地看。

马万才说:"你自己玩,我上课去了!"

聪聪没回应,还是呆呆地看着地上的那根土香肠。

马万才在走进教室时,又回头看了一眼篮球架子底下的聪聪,他跪在地上的样子,像跪拜那根土香肠。

第三节课是音乐课,王慧老师在讲台上挥动两手打拍子,大家眼巴巴盯着王老师的两只手,唱出的声音,像是不认识王老师的手,从各个角落钻出来,七绕八绕的,然后从门缝窗缝里挤出去,再不回来。

王慧老师又沮丧又生气地放下手,喘着气说:"刚才老师卖力地打拍子,你们真的看我打拍子了吗?我像是在白白地费力气!"

同学们都在相互看,想发现是谁出的错,谁跟不上王老师打出的拍子。

"都别瞎看了！每个同学都有问题！"

听王老师这么下结论，大家都坐直了身体，面朝王老师，不再乱看乱猜疑了。

"请看我的手势，注意节拍！"王老师刚唱出一句，她的眼神就转向了窗外，手势在半空中停住了……

大家都朝窗外看，好像王老师刚才说了一句话，让大家向窗外看一样。离窗户远的同学，干脆站起身抻着脖子朝外望。

马万才看见蹲在篮球架子底下的聪聪在拼命吐着什么，有个男老师挥着手，在大声地喊着什么，陈老师从办公室里冲到操场上，手里端着一个白瓷缸子，里面是水，所以，陈老师跑得不快，想快一点，白缸子里的水就溅了出来。

陈老师冲到了篮球架子下，开始给聪聪喂水，并让他吐掉。再喂水，再吐掉。……马万才看见王慧老师站到窗前，紧张地看着窗外。看了一会儿，王慧老师对大家说："大家都坐下别动，老师去看看到底出了什么事！"

王老师一走，同学们全都扑到窗前了。

好像事情已经过去了，陈老师和那个发现聪聪出事的男老师陪着聪聪离开了篮球架，回到陈老师的办公室。

马万才有点紧张起来，好像是这件事情跟自己有什么关系。他没敢多想，只是越来越紧张。

王慧老师也回来了，接着上音乐课。

"出什么事了，王老师？"马万才问。

"没什么事，是聪聪不知道为什么吃起土来……"

教室里一片哗然。

"吃土？"

"聪聪为什么吃土啊？"

"就是聪聪的智力才几岁，吃土也不该啊！"……

马万才的手心出汗了，他使劲搓着手，又在裤子上蹭。但是，手心还是出汗……

中午，同学们在教室里吃饭时，陈老师来了。他在教室里转了一圈，最后站在马万才桌前不动了。

　　马万才心怀忐忑地抬头看着陈老师："陈老师找我有事？"

　　陈老师摇着头说："没事的。"

　　说着，陈老师背着手，又在教室里走了两圈，看着大家吃饭。时不时，把眼光落在马万才脸上，马万才感到了陈老师目光的热度。那是感觉。

　　马万才没吃完饭，扣上饭盒，走到陈老师面前："陈老师，你是找我有事吧？"

　　陈老师说："去走廊上说吧！"

　　在走廊上，陈老师走到面对操场的窗户前，从那扇窗户，可以看见篮球架。"这两天，我从办公室里看见你跟聪聪玩了。"

　　马万才点着头，手心又开始出汗。

　　"聪聪长这么大，从没吃过地上的土！我不知道，他为什么会吃土。"

　　马万才喃喃地说："可能是……"

　　陈老师低头望着马万才。

"可能是……因为我吧?"

陈老师不说话,等着马万才说出来。

"我在篮球架子底下,用手把土拍成了一根香肠。聪聪也用土堆出了一根香肠,没有我拍出的香肠更像香肠……"

陈老师望着马万才,眼光里没有责备,只流露出想听马万才继续说下去。

马万才内疚地说:"如果,我没有用土拍出那根香肠,聪聪就不会吃它了……"

陈老师点着头说:"我知道了。你回教室接着吃午饭吧!"

马万才要走时,听见陈老师说:"聪聪最喜欢香肠了。"

"我也是!"

"你也是什么?"

"最喜欢香肠! 粉肠也行!"

陈老师笑笑,说了一句:"万才,聪聪的智力,只有三四岁，有时，他可能连三四岁的孩子都不如。他不知道地上的是土香肠，那是不能吃的！"

马万才也跟着笑了笑，点着头说："陈老师，我懂你的意思了！"但是，他没读懂陈老师的笑脸背后，还遮掩着一丝苦涩。

张刘盛大多时间都不跟同学玩，很谨慎很安静地坐在那里。到了这种年龄的男孩子，都愿意扎堆，喜欢热闹，找乐子，起哄，在不该发声的时候却偏偏要怪叫一声。但是，张刘盛不喜欢。他总是跟同学们保持一定的距离。他身上要是蹭了点土，他会马上把土拍打掉，有人无意踩了他的鞋，他会跺跺脚，把鞋上的脏东西抖掉。这是他优裕的家庭生活环境养成的习惯。

马万才和聪聪之间发生土香肠的事情时，张刘盛并不关心，他也没有仔细问别人，到底发生什么了。

当脏眼跟女同学们添油加醋地说聪聪吃了土香肠之后，张刘盛心里才暗暗吃了一惊。他第一次认真地问脏眼："聪聪吃了土香肠?"

"还是大口大口吃的!陈老师用了三缸子水，才把聪聪嘴里的土清洗干净!"脏眼皱着眉头说，好像是他刚刚吃了土香肠。

张刘盛不理解聪聪的行为，反问道："那是地上的土啊，怎么会大口地吃?"

"聪聪就以为那是香肠!"

"哦哦……"张刘盛嘴巴里哦哦着，吃惊变成了一块难消化的食物，卡在了他的喉咙里，让他吞咽艰难。

马万才发现，张刘盛没事的时候，总是站在教室窗前望着操场。马万才发现了，问他："你老是站在这里看什么?"

张刘盛说："不看什么。"

马万才说："陈老师不让聪聪在操场上挖土玩了，怕他出事……"

张刘盛问："那聪聪在哪里玩?"

"在陈老师的办公室，在体育老师放篮球和足球的地方，就是不能让他玩土了。"

"哦……"

"我听说，陈老师不让聪聪玩沙子挖土，聪聪不
开心！"

张刘盛突然问马万才："你吃过土吗？"

马万才一愣，连忙摇头："没吃过！"

"很难想象……"

"也不难想象！"

"不难想象？"

马万才说："一个想吃香肠的两岁半智力的孩子，
看见那么像香肠的土香肠，张开大嘴去吃，有什么难想
象的？你很难想象，是因为你想吃香肠就吃香肠！你不
用想象，就能吃到！"

张刘盛不说话，被马万才的话噎住了。

有一天中午吃饭的时候，聪聪一个人找到教室里，
看见张刘盛，直接向他走过去，站在张刘盛面前。张刘
盛把三层的搪瓷饭盒打开，把放在第一层的一根香肠拿

出来，递给了聪聪。同学们都看见聪聪脸上的幸福和兴奋。

"吃吧！"张刘盛说。

这时，教室门口出现了陈老师，大家都能看出来，他是跑来的，喘着气，可能跑得急，他用手扶住门，喘了一会儿才走进来。

"聪聪！"

陈老师喊了一声聪聪，把他手里的香肠夺下来，塞在张刘盛的手里："告诉你，不许你要别人的东西！听懂没有？我只想让你现在明白，不许要别人的东西！"陈老师火了，真的火了，他的脸从没这样生气过，惨白惨白的，身体里的血液，像是一下子流光了，只剩下了一股一股的气。

聪聪一脸的无助，他的眼光一直落在张刘盛手里的香肠上。

"张刘盛啊，你不能再给聪聪吃香肠了，这会惯坏他的！吃惯了你的香肠，他会天天来找你，影响你的学习。再说了，他不能总是吃你的香肠啊！"说着，陈老师拽住聪聪的手，拉着他离开了教室。

走廊里传来了聪聪的哭泣声。教室里很压抑。那天中午，同学们的午饭吃起来一点都不香。

用布票可以看电影

　　马万才想过用肉票和糖票换粉肠吃，却从没想过用布票换钱看电影。

　　从道里区到南岗区，有一辆有轨电车，票价四分钱。这辆有轨电车，从南岗去道里，直接穿过火车站和霁虹桥。霁虹桥是苏联人在哈尔滨建的，火车站是沙皇俄国在东北修铁路时建的。说起这些历史，马万才他们还一头的雾水，再说，他们还没到对历史和建筑感兴趣的时候。他们都知道秋林香肠和面包、大虾糖和格瓦斯汽水。

马万才和古力没坐过有轨电车。他们都住在南岗区，想看电影要去道里区。因为道里有全市唯一的一家儿童影院。要去看电影，最好是坐有轨电车。在马万才最早想坐的时候，年龄还小，不敢坐。到了现在的四年级，他们还是没坐过。但是，马万才和古力有一段惊人相似的经历，他们俩都跟着响着铃声的有轨电车后面玩命跑过追过。有轨电车很有意思，没头没尾，头也是尾，尾也是头。从起始站到终点站，像拉大锯，在城市的胸膛上来回拉。它上面搭在电线上的辫子，有时会打出火花，还发出啪啪的爆响。好像它拉的人多，累了，在发脾气。

有轨电车是两截。转弯的时候，它的腰扭得很厉害，又软还有韧性，就是扭不断。对它的记忆，在马万才上二年级的时候，记得最清楚，教语文的陈老师在课堂上还问过他们："都知道咱哈尔滨的有轨电车吧？"

大家都说："知道！"

"不知道的，或是没见过的请举手！"

没有。同学们百分百都看见过哈尔滨的有轨电车。

"好！都见过有轨电车！现在，我要提出问题了！"

大家都知道陈老师在启发他们的想象力。那个时候，同学们就爱上语文课，因为陈老师讲得好。

"你们想想看，那辆有轨电车像什么？"

有轨电车像什么？同学们都眨着眼睛。大家都不知道，从这一课开始，陈老师已经教他们写作文了。

"使劲想！"陈老师在鼓励大家的想象力。同学们都看见，陈老师在启发大家的时候，觉得不够劲，他除了扭动自己的手，又站在讲台上扭动自己的腰……

所有人的表情都像是在使劲想。但是，大家都不知道该往哪里使劲。除了瞪眼睛想，就是把小脸都憋得通红。

陈老师也扭累了，还听不到同学们的答案，就笑起来。

见到陈老师一笑，同学们都觉得没有面子，像是被陈老师看透了他们的没本事。所以，一张张脸就涨得更红。陈老师就像是烧火的人，让大家火烧火燎地难受。

陈老师没有放弃，继续启发大家的想象力："你们的爸爸打过你们没有？"

很多男同学说被打过。有说没被爸爸打过的，同学会瞧不起你，连揍都没挨过，还算男人啊！

"你们都说说，你们爸爸的脾气像什么？"

大家还是一头的雾水，或是大家想到了什么，不敢说。

"大胆说！你们的爸爸发火的时候像什么？"

"像狼，要吃我！"古力第一个开口说话了。有同学在笑。陈老师说："别笑，古力同学的想象挺好的！还有吗？"

"我爸像日本鬼子，脱了鞋抽我！可我宁死不屈……"脏眼的想象力终于引发了全班的笑声。

陈老师也努力克制着自己的笑，点着头说："也不错，把自己比喻成英雄，想法是好的，把自己的爸爸想成日本鬼子，挺大胆！当你爸的面，敢说你爸是日本鬼子吗？"

"不敢……"

陈老师的问话和脏眼的回答，又让大家开心地笑起来。这一次笑，让同学们的心都松弛下来，好像找到了朝想象力使劲的目标。

"都大胆地说说，有轨电车像什么？"

刚才，因为古力第一个发言，受到老师表扬，对他鼓励不小，这回又是他第一个举起手来。

"你说，有轨电车像什么？"

古力说："它像秋林卖的长面包。"

说到秋林的长形面包，很多同学都没见过，也没吃过，当然就没有同感，大家的表情木木的，没什么反应。

陈老师说："古力说有轨电车像长面包，有点像。但不准确，有轨电车是两截，而秋林长面包只有一截。"

肖文文说："它像条巨大的爬行虫子。"

陈老师点头说："肖文文同学的比喻又更加形象了，

因为，爬行虫子是动的，有轨电车也是动的。如果我们在天上朝下看，有轨电车真的像一条巨大的虫子在爬行！"

受到表扬，肖文文的头和脖子挺得很直，一下子比别的同学高出半个头来。

马万才说："它像两根连在一起的香肠。"

肖文文嘲讽马万才的联想："你除了吃还是吃！就知道吃！什么东西都会想到吃！没出息！"

陈老师说话了："在我们的生活中，确实有两根、三根、四根连在一起的香肠，马万才想到了自己最熟悉的食物，很具体，也很准确。其他同学还有不一样的比喻和想象吗？"

张刘盛举起手来。

陈老师说："现在，大家可以听一下张刘盛同学的想象。"

张刘盛的眼睛不看左右，只是盯着讲台上的陈老师说："有轨电车，很像瑞士苏黎世巧克力……"

陈老师和同学们都发怔。因为，同学们没听说过，没见过，连陈老师也是第一次听到奇怪的巧克力的名字。

陈老师说："能具体点说吗？"

"这种巧克力是我爸爸在香港的叔叔带来的！它是两块连在一起的巧克力，中间连着的部位很薄，一掰就开。前面那块中间夹着朗姆酒，另一块夹着香槟酒……"

同学们包括陈老师继续诧异。从张刘盛嘴里淌出的那些外国的名称，让同学们摸不着头脑。

没等张刘盛说完，马万才说道："我没见过，没吃过，没听说过！"很多同学都说："这谁能知道？！"

教室里乱哄哄的，像是跑进来一只老鼠。

陈老师没说话，他好像是没有想出更好的办法来处理这件事情。这时，脏眼说话了："张刘盛，你哪天把这种……啥巧克力带来，让我们吃吃看，就知道你的比喻对不对了！"

张刘盛有点不好意思地说："吃完了，家里没有这种巧克力了……"

"没有了，你说它干什么？馋我们？"脏眼好像是找到了真理，责备起张刘盛来。

陈老师终于说话了："今天这个问题，是为了启发大家的想象力，怎么又为了吃吵吵起来了？"

这时，大家才渐渐安静下来。马万才观察到陈老师的脸上，明显写满了沮丧和失败。陈老师原本用想象力开始，没想到回归到吃上结束。

道里的儿童影院放映了故事片《三毛流浪记》。已经放映了五天了。张刘盛看了，跟同学说特别好看。

马万才五天来一直想看《三毛流浪记》。他跟妈妈要电影票钱，妈妈没给。他不敢跟爸爸要，觉得跟爸爸要钱，对不起爸爸。马万才觉得爸爸除了上班，还要帮着别人干活，很辛苦。

他跟爸爸张不开嘴。

他问过古力："看过《三毛流浪记》吗？"没想到，古力竟然说他看过了。"你看过《三毛流浪记》了？"

"看过!"古力很肯定地点着头。

"你们家哥四个都看了?那要不少零花钱呢!"马万才心里犯嘀咕,古力家哥四个,古力都看了电影,自己家只有自己一个,要买一张票的钱都没要到。

"我家也没有给我们哥四个零花钱。你知道我是怎么看上的电影?"

"怎么看的?"马万才很想知道。

"我们哥四个,轮流看电影!"

"什么意思?不懂!什么是轮流?"

古力解释道:"上次放的电影是《钢铁战士》,我哥和小弟看的,我和老三没看。因为我们四个把零钱凑在一起,只能买两张票。这次放《三毛流浪记》,就轮到我和老三看了!那天,我和老三没钱坐有轨电车,是从南岗直接走到道里的,看完了电影,又从道里走回南岗……"

《三毛流浪记》在儿童影院放映了一星期之后,班里的很多同学都看过了。马万才没想到,陈老师布置了一篇作文，让大家写一篇《三毛流浪记》的观后感。

马万才和班上几个没看过《三毛流浪记》的同学有点着急了。没看过这部电影，怎么写观后感啊？！

脏眼也看过《三毛流浪记》了。他跟马万才说："我告诉你一个办法，你不能跟别人说！"

"啥办法？上大街上偷钱去？"

"谁让你当小偷了？除了当小偷，就没别的法子了？"

"你说啊！"

"用布票跟张刘盛换钱！我就是用半尺布票换的。"

"为什么用布票换？"

"这你不懂了！肉票糖票一个月就一点，你拿出来换钱看电影，被发现了就挨一顿揍，不合算！布票少个半尺一尺的，家里的大人发现不了！"

"你的腿都被你爸打瘸了，你还不长记性？"

"你不听就不听，就算我白告诉你了！"

"张刘盛家什么票都要啊？"

"张刘盛啊！他家不缺钱，就是缺各种票！"

马万才没说话。

当天晚上，马万才用一根细铁丝，把装着糖票肉票的铁盒子上的锁打开了，拿出了一尺布票。想了半天，又放回去。他听脏眼说过，用半尺布票就能换钱看电影的。可他翻了半天，没找到半尺布票。咬咬牙，拿出了一尺布票。

马万才拿着一尺布票跟张刘盛换钱时，张刘盛竟然给了马万才一角钱。马万才很激动，因为一场儿童电影的票价是五分钱，一尺布票让马万才可以看两场电影。

那天，在《三毛流浪记》最后一天放映的时候，马万才也是从南岗走到道里儿童影院的。在电影院售票口，他花了五分钱买了一张票，手里攥着剩下的五分钱走进电影院的前厅时，看见卖爆米花的，绕着转了三圈。

有一对母女，买了一纸袋爆米花，女孩子的嘴巴里嚼着爆米花，正好经过马万才身边，马万才的嗅觉比狗还灵，香味钻进他的鼻子，刺激了他的鼻黏膜。马万才终于忍不住，买了两分钱爆米花。要进放映厅找自己的座位时，又看见卖五彩糖豆的。他又绕着转了三圈，还是没忍住，把剩下的三分钱买了糖豆。

这个晚上，马万才太富有了。当时，像是担心有人看见他太富了，马万才小心地躲避着人们的眼神，捂着自己口袋里的爆米花和糖豆，走进放映厅。他以为，大家都在盯着他口袋里的爆米花和五彩糖豆。

他坐在黑下来的电影院里，吃一粒爆米花，含一粒糖豆，爆米花糖豆混在他嘴里，上下翻滚，又嚼又吸，又甜又香。看着银幕上留着三绺头发的三毛可悲可笑的遭遇，看着三毛穿着破棉袄缩在楼下瑟瑟发抖的镜头时，马万才被自己此时此刻的幸福感动得哭了。

裤子短了

　　周日，陈老师领着聪聪去江边放那个鲸鱼风筝。聪聪在瞪着大眼睛的鲸鱼飞到天上时，还是有点兴奋的。一会儿工夫，聪聪的情绪就不高了。陈老师一个人扯着风筝线，在江边跑着，希望它能飞得高些，让儿子聪聪兴奋起来。

　　聪聪一个人跑到江边，用一根棍子捞水边的水草。江上驶过一条船，船让水动起来，起了一阵不大不小的波浪。水波冲到江边时，就淹过了聪聪的脚踝，水就进了他的鞋。但是，聪聪没有感觉，他的感觉都在水里的那根水草上，路边上的树叶都黄了，落地了，可水里的草为什么这样绿啊？

一个在江边散步的拄着拐杖的老头喊聪聪："哎！孩子，秋天了，水多凉啊，腿都湿了……"

聪聪没感觉，也听不到。

老人就把目光朝旁边看，看见了放风筝的陈老师："哎，放风筝的！回头看看，站在水里的是你儿子吧？！"

陈老师听见了，回头看见站在水里的儿子，匆忙扔下风筝线，朝聪聪跑过去，把聪聪拉出水。在聪聪被拽出水的一刻，聪聪手里抓着两根绿绿的水草："我的粉条，我的粉条，绿粉条……"

站在几米开外的老头拄着拐杖，看到这里，对陈老师说："年轻人……"

陈老师朝四下望，除了他和聪聪，没有别的人，他问老人："你说年轻人，指我吗？"

"是你啊！"

"我都老成什么样了？还年轻人？"

老人笑笑："你在我面前，当然是年轻人了！"

陈老师跟着笑了一下，带着苦笑："三十九岁，老了！"

老人观察着陈老师，没有马上离开，像是自言自语："遇到点难处，生活苦一点，要学会乐观。人到世上走一圈，就是让你看看所有的东西，所有的东西指什么？苦、甜，冷、暖，生和死……别白白来到人世一遭，带着怨恨走。再说了，你还年轻，会看到以后发生的，我已经看不到的东西……"

陈老师点着头："师傅说的，我懂。……但是……"

"但是什么？这是你儿子吧？他的智力有点问题？"

"你看出来了？"

"他来到人世也不易，让他感到温暖才对啊！他的裤子都短了，鞋子也湿了，回家给孩子换换。"

陈老师领着聪聪回家时，聪聪手里还紧紧抓着那两根水草，不舍得扔掉："绿粉条！绿粉条……"

陈老师说："今天，爸爸给聪聪煮大白菜炖粉条！"当他低头看聪聪短了的裤子和冻红的脚踝时，问道："腿冷吧，聪聪？"

聪聪只重复地说着三个字："绿粉条！绿粉条！……"

晚上，陈老师给聪聪煮了白菜粉条。他看见聪聪呼噜噜吃粉条时很开心，他也跟着开心。他盯着儿子开心地吃粉条的时候，眼睛里忽然有了泪水。聪聪睡着后，他在灯下想找一块布，给聪聪短了一截的裤子接块布，结果翻半天也没找到，直接把自己的灰布套袖拿过来，在聪聪的黑裤子上比画了一下，用剪刀把套袖剪开了。陈老师是在夜里把聪聪短了的裤子接上的，早晨看时，黑裤子接的一块灰布很刺眼。没办法，他不能再拆下来。昨天夜里，他给聪聪裤子接上两块布，用了整整四个钟头，一直缝到凌晨两点。缝完最后一针，他也饿了，就到厨房把晚饭吃剩下的白菜煮粉条，连汤带菜吃了两口，才睡的觉。

在太平小学的门口，马万才看见陈老师领着聪聪，也看见了聪聪刚刚接上的裤子。他问陈老师："聪聪的裤子是陈老师缝的吧？"

"是我。缝得还行吗？"陈老师笑笑说。

"太难看了！"马万才摇着头说。

"是吗？没有太难看吧？"陈老师低头重新看了一下聪聪的裤子，也摇起头来，"不难看不难看，一点都不难看！"

就在这时，张刘盛走过来，他穿着秋天的黑色粗呢子套装，裤子的下摆是半西装式的，挽起一截，搭在一双棕色的翻毛皮鞋上。

马万才看看聪聪那条颜色不搭的裤子，又看看张刘盛挽起的裤脚，对张刘盛说："张刘盛，你裤脚挽起的那块布没用，干脆剪下来，缝在聪聪裤子上吧？黑色配黑色，聪聪的裤子才好看。"

张刘盛还没说话，陈老师对马万才说："别瞎说，张刘盛的裤子，是西装式的，他裤脚挽起的布，一点不多余，好看！"

马万才的眼睛只顾盯着张刘盛的裤脚看，还蹲下身体，用手拽了一下张刘盛的裤脚："多余的布，没用，剪掉吧！"

张刘盛的身体后退了一步，躲避着马万才的手。

这时，聪聪追着一个女同学跑。那个女同学扎着一条大辫子，在身后飘着。聪聪一边追一边喊："黑香肠，黑香肠……"

陈老师匆忙追聪聪去了："聪聪，那不是香肠！别追了！"

张刘盛看着奔跑的聪聪，又低头看着自己的裤脚，有点发呆。马万才问："你真的想剪掉自己的裤脚啊？"

"没有。"

"那你死盯着自己的裤脚看什么？"

张刘盛说："我一直觉得自己的裤子很好看，不知道为什么，现在看自己的裤子，底下挽起的布，是有点多余。"

"你可别剪啊！你爸爸会揍你的！"

张刘盛说道："我爸爸和妈妈，从不打我！"

马万才不信："犯错误也不挨揍？"

"我会犯什么错呢？"

"也是，你张刘盛不缺钱花，不缺吃的，想什么有什么，也不会犯我这种人的错误啊！"

"你是哪种人？"

"缺钱的人！"

张刘盛没说话。

"你怎么不说话了？"马万才问。

张刘盛说："我也不知道该说什么。"

马万才突然问道："你要是长大了，有很多很多的钱，你想做什么？"

"很多很多是多少？"

马万才愣了一会儿，看了一眼太平小学对面的四层楼说："你的钱，装满了四层楼，你想做什么？"

"不知道。"

"我要是有很多很多的钱，你知道我想做什么？"

"我上哪里知道？"

"我用香肠盖一座房子。"

张刘盛瞪着眼睛问："用香肠盖一座房子？为什么要用香肠盖房子？"

马万才直眉愣眼地说："这还用问！想什么时候吃香肠就什么时候吃。睡觉都能闻着香肠的味道做梦……"

"用香肠盖房子？香肠房子会塌的！"

马万才说："房子塌了，香肠也能吃！"

张刘盛嘴里"哦哦"着，不知道马万才脑子里想的是什么，怪怪的，很幼稚。

那天的上午，教数学的刘炳琴老师看见聪聪的用灰布套袖接上的裤子，对陈老师说："你把聪聪的裤子脱下来，我重新缝一下吧。都缝歪了，看着别扭！"

陈老师忙说："不用不用，大家都忙。再说了，聪聪不会在意的。"

刘炳琴老师说："聪聪不在意，我在意。我看不下去了，好像我们这些女老师都是木头人。你一个人带着聪聪不容易，大家都知道的。让聪聪脱了裤子，我重新缝一下，用不了多长时间。"

"谢谢你！"陈老师说着，便让聪聪脱掉裤子，聪聪不肯。刘炳琴老师说："他可能怕凉，把我的头巾给他围上。"

陈老师忙阻止刘老师的举动："这可不行，你的围巾是围头的，怎么能让聪聪当裤子穿？不行不行！"

刘炳琴老师把自己的紫色头巾扔给陈老师："快点吧！把聪聪裤子脱了，把围巾围上！我在下一节课上课前，就能把聪聪的裤子重新缝好的。"

当刘炳琴老师在办公室里给聪聪缝裤子时，聪聪身上缠着紫色围巾，在办公室里跑来跑去，像一个男孩子穿上了一条紫裙子，有智障的男孩子，才会围着一条围巾跑来跑去。那时，陈老师就躲到走廊里，不想让别人看见他的眼睛湿了。

聪聪一岁时，陈老师和妻子就发现聪聪有智障，他们一直在努力恢复聪聪的智力，希望他变成一个正常的孩子。但是，一直到聪聪十岁了，他的智力还没有起色，聪聪妈妈熬不了这种没有希望的生活，终于下了狠心，带着女儿离开了。从那时开始每个月，陈老师都要使劲节省，给女儿寄八块钱的生活费。

正值壮年的陈老师，开始一个人在夜深人静的角落里伤心落泪。一个人的艰难，别人能看出来。但是，一个人的绝望和伤心，别人无法知道。

酸 菜

马万才家住五楼，在最顶层。爸爸是山西人，妈妈是江西人。爸爸愿意吃醋，妈妈跟爸爸生活了几个月后，就让妈妈的胃口离不开醋了。

马万才的身上有喝醋的遗传。有时候回家，饭没熟，又饿，就跑到厨房拿起醋瓶，喝一口，再喝一口。妈妈看见了，就喊："空肚子喝醋，烧胃的！再说了，醋不要票，也不能把醋当水喝啊？"没过一分钟，马万才就喊胃疼。

住在二楼和三楼的都是哈尔滨人，所以，二楼和三楼的窄窄的楼道里，都摆着酸菜缸。让马万才妈妈受不了的是二楼和三楼的主人要给酸菜换水的时候，那发酵后的水散发的味道让人窒息。那天，二楼和三楼的主人同时在给酸菜缸换水，马万才捂着鼻子跑着上了五楼，开了门进屋，把门死死关上。

"太臭了太臭了！像掏厕所的味！"

妈妈皱着眉说："是太臭了！北方人这么爱吃酸菜啊！"妈妈去厨房，拿出一瓶醋来，把锅加热后，淋了一些醋在里面，刺啦一声，锅里冒出一股白气，醋味飘满了屋子。

"让醋熏一熏，臭味就轻了。"

马万才听见楼下传来爸爸的声音，他对弥漫在楼道里的酸菜换水的臭味不满了："干了一天的活，饿着肚子，先闻臭味！"二楼三楼的人都能听见马大油饼的声音，谁也不搭腔，都知道马万才爸爸的脾气不好。再说了，他下班回家，身上背着一个大帆布包，里面装着管钳、扳子、多头的螺丝刀，都是金属武器。他走在楼道里，人不出声，金属武器先丁零当啷发声了。

但是，酸菜缸必须换水，不换水，酸菜就坏了。所以，每年到了酸菜换水的时候，住五楼的马万才一家，就躲不掉换水的酸菜臭味。马大油饼天天在房间里骂，气味是朝上跑的，都堆积在五楼的走廊空间里，一点点地散尽，一点点地消化净。"墙上都是酸菜臭味！"

马万才爸爸肚子里的气，可消化不掉。

他看见爸爸恼火地在屋子里转来转去："这么窄的楼道，摆着两个臭酸菜缸，放毒气弹一样放着臭味，我在熏死之前，用扳子非把他们的酸菜缸砸了！"

妈妈责备爸爸说："你想砸人家的酸菜缸？那是人家一冬天的菜，你砸了人家的酸菜缸，人家吃什么？别说你砸了两家的酸菜缸，你砸了一家的酸菜缸，你就得把家里的肉票、糖票、油票全赔给人家，你连醋都喝不上了！"

爸爸一听妈妈说连醋都喝不上了，憋在肚子里的鼓鼓的气，一下子像是撒光了，他坐在椅子上，不说话，不敢瞪妈妈，却瞪着马万才。这一瞪，把马万才瞪毛了，像是给他下了什么命令。

马万才胆怯地问道："爸，你不是让我砸人家二楼和三楼的酸菜缸吧？"

"放屁！"

马万才一愣。爸爸刚才瞪眼的命令像是被他理解错了。"你朝我瞪眼，还以为你埋怨我不替你砸人家酸菜缸呢！"

"我是怕你一冲动，砸了人家的酸菜缸！"

"你让我砸，我真敢砸！"

"还放屁？砸人家的酸菜缸，你准备天天喝西北风啊？"

马万才习惯爸爸对他的教育方式，简单，直接，粗暴。但是，道理却清楚，就像一块冰，啪地拍在你面前，吓你一跳。一会儿，它化了，就是一摊透明的水。

三天之后，楼道里的酸菜缸换水的臭味才散尽。二楼住着吴阿姨，她在那天的晚上，用盆端着两大颗酸菜，敲了马万才家的门。

马万才的爸爸还没下班，家里只有妈妈和马万才。吴阿姨说："送两颗酸菜！我给酸菜缸换水时，让大家受苦了。你可能吃不惯酸菜，受不了给酸菜换水时的味道。"

马万才妈妈忙说："没有没有，是有点味，没什么。酸菜拿回去吧，我们家里很少吃酸菜的。"

吴阿姨执意要把酸菜留下："那是你们没有吃惯酸菜，一旦吃习惯了，就离不开它了！"

马万才妈妈再次拒绝："拿回去吧，我不会做酸菜吃，放在我们家，会浪费糟蹋了！"

吴阿姨把酸菜盆放在桌子上："不会做，我教你做啊！酸菜最好用肥肉炖。现在买肉要凭肉票，没肉也可以，用猪油炖，一样地香！"吴阿姨还带来了一点猪油，也放在桌子上了。

马万才妈妈被吴阿姨的热情感染了，客气地说：

"谢谢你了，谢谢……"

吴阿姨走了。马万才和妈妈看着桌子上的酸菜，还有碗里的一点猪油。妈妈突然说："今天晚上，用猪油炖酸菜？"

"我看行！"马万才有点兴奋地说。

用猪油炖酸菜的味道一飘出来，妈妈和马万才就不停地抽动鼻子。"真的还挺香。"妈妈掀开锅盖，用勺子搅动锅里的酸菜，还把脸凑近了闻。

"让我尝尝！"马万才让妈妈从锅里捞出点酸菜，让他吃一口。"等一会儿，还没熟。再说了，酸菜吃了猪油，就香了！"

马万才看见妈妈把锅盖扣上了，就在旁边候着，不离开灶台。妈妈说："别守在锅跟前，还得等一会儿，去去去，别在这里碍手碍脚。"

马万才可离不开猪油炖酸菜的香味，他出了厨房的门，站住，把脚留在门外，头却伸进厨房。

妈妈看他的样子，笑着说："你现在最想的，是不是长个大象鼻子？把鼻子直接插到锅里？"

马万才听了，再反身冲进厨房："妈，让我尝尝吧！"

妈妈把锅盖揭开，用筷子夹出了几根酸菜，递到马万才张开的大嘴巴里，还没嚼，马万才就含着酸菜说："香香香……"

"什么香啊？"门开了，爸爸进门后，先把身上的装着工具的帆布袋放在地上，哐啷一声。爸爸哎了一声："这么香，炖什么了？"

这是马万才家第一次吃猪油炖酸菜。马大油饼大口地吃着酸菜，把自己吃得满头大汗，比干活还使劲。

晚上十点多钟，马万才的爸爸穿鞋要出门，妈妈问："这么晚了去哪里？"

"走走！"

"天冷了，去哪里走走？干了一天的活，不累啊？"

"到二楼和三楼看看。"

"看什么，二楼三楼有什么看的？"

"随便看看！"说着，马万才的爸爸就出了门。妈妈对马万才说："你爸怪怪的，跟出去，看你爸爸干什么。"

马万才小心开了门，蹑手蹑脚跟了出去。快走到三楼时，看见三楼有亮，抓着扶梯朝下望，看见爸爸点燃了火柴，蹲在三楼的酸菜缸面前，照着酸菜缸左看右看，火柴灭了，又划燃了一根火柴，继续绕着酸菜缸看。

马万才匆匆回到家里，紧张地说："妈，我爸要偷人家的酸菜！"

"偷人家酸菜？"

"他吃了酸菜，觉得好吃，没吃够，就去偷人家的酸菜！"

"胡扯！我不信。"

"不信？一会儿爸爸就把偷的酸菜拿回来了，你不信也得信！"

听马万才这么一说，妈妈不紧张，却激动起来："你爸的嘴巴再馋，他的肚子再饿，他也是凭自己的力气吃饭，他决不会偷人家的东西！你爸要是有这毛病，妈妈会嫁给你爸爸？"

正说着，门响了。马万才和妈妈冲到门口，盯着爸爸看。爸爸问他们："什么眼神？这样看我！刚才出事了？"

马万才和妈妈都看见爸爸是两手空空。

妈妈笑着看马万才。

马万才也轻松地看着妈妈笑。

"笑什么？"爸爸问。

"你儿子刚才让我去抓小偷！"妈妈说。

"抓小偷？抓小偷是警察的事，你们抓什么小偷？"爸爸还没明白马万才和妈妈之间发生了什么。

"爸，我以为你刚才下楼去偷人家酸菜去了。"

"偷……酸菜？"

"儿子真以为你吃酸菜上瘾了，忍不住去三楼偷……"

爸爸说："想什么呢？我是去看看人家的酸菜缸，看看酸菜是怎么腌的！赶明儿，我去买个缸，咱也腌缸酸菜！"

妈妈说："酸菜不好腌，这里有说法，腌之前，去二楼把吴阿姨请上来，教教咱们！”

马万才看见爸爸面有难色，没吭声。

妈妈说："你不去请，我去请！知道你不好意思请人家！人家给酸菜缸换水，你就在楼道里大声喊臭，拎着铁扳子，哐啷哐啷的，像是人家一搭腔，你就能把人家的酸菜缸砸了！得罪了人，不好意思了！"

妈妈说得句句实在，让爸爸的头耷拉下去。

爸爸说了一句："不吃不知道，一吃吓一跳！"

马万才明白，吴阿姨的酸菜，把爸爸的胃口彻底征服了。

张刘盛丢了五块钱

张刘盛丢了五块钱。

对班里大多数人来说，那钱可不少啊！当张刘盛知道自己的钱丢在教室里的时候，并没有声张。换了别人，那是不少的钱。对张刘盛来说，钱不算多，也不算少。但是，还不至于让张刘盛为了五块钱大喊大叫，兴师动众啊！

陈老师踩着铃声，站到讲台上，刚刚打开语文书，张刘盛站起身，走到陈老师面前，轻轻说了两句话。

陈老师的脸就沉下来，像是冬天突然降下的雪，让人措手不及。陈老师啪一声，把打开的语文书又合上了。

"还没下雪，我怎么觉得今天这么冷啊？"陈老师开口说道，脸色像被第一场霜给洗劫了。

大家都把头朝窗外看，好像陈老师说出的冷，是从窗外吹进来的。

同学们没有看见外面的风。风，怎么看得见？上哪里看得见？大家还听不懂气愤中陈老师冒出的话，那是话中有话。

沉默了一会儿，陈老师抓起语文书，在讲台上摔了一下："这种事在我们班发生，丢人！耻辱！"

同学们都愣住了，不知道发生了什么事情。这时，陈老师怒气冲冲跳下讲台，拉开教室的门，走了出去。

陈老师突然骂一句，又一下子消失，让大家更糊涂了。马万才从教室敞开的门缝中，看见陈老师并没有走远，而是站在走廊的窗前，双手掐腰，望着外面，胸腔起伏着。

"怎么啦?"大家呆坐在位置上,相互看着,猜测着。

几分钟过后,陈老师走回教室,情绪像是缓和下来。他走上讲台,翻开语文书,抬头对同学们说:"上课前,先说一件事情。张刘盛同学在教室里丢了五块钱,谁捡到了,请交给我。也可以直接交给张刘盛同学。下面上课……"

张刘盛丢了五块钱,这课还能上吗?那是五块钱啊!

"丢哪儿了?"

"是在教室里丢的吗?"

"这么多钱啊?五块啊?"……

有人窃窃私语。陈老师听见教室里的嗡嗡声,那是一群无法让他们安静的已经躁动起来的蜜蜂。他知道,在同学们的眼里,包括自己,五块钱,比他的语文课重要得多。

陈老师再一次合上语文书。他原本想用自动上交的办法,让大事化小,小事化了。刚才,他故意用轻描淡写的口吻说出沉重的话,就是希望这件事情默默地解决掉。最好不要扩大到学校，让更多的人知道。

在陈老师的经验和推断中，他已经百分之九十认定，教室里坐着的同学中，有一个人偷了张刘盛的五块钱。

是谁偷的，陈老师不能肯定。再说了，陈老师实在不愿意使用"偷"这个字，它写出来太恶心，说出来太刺耳。

但是，马万才说出了这句话："丢了？是不是有人偷了张刘盛的五块钱？"

嗡嗡声突然增加了两倍。

陈老师环视了一下教室，不想把教室改成调查审讯室，也不想把一个语文老师的角色，变成警察和法官。

教室里的气氛已经完全改变，不适合上语文课了。

女同学肖文文说道："谁偷了张刘盛的五块钱？快交出来吧！"

话音刚落，教室里一下子静下来。

古力跟陈老师说："陈老师，翻翻大家的口袋吧？要不然，大家该乱猜疑了！"

有很多同学都跟着说："翻口袋！"

"一个不剩，都翻一下！"

"看看谁偷的！"

同学们的气愤，让教室里又喧闹起来。

调查工作已经开始，无法停下来。陈老师把两只手朝下压了压，让大家安静。有的同学已经把自己口袋里的东西掏出来，放到桌子上，准备接受检查。一个同学这样做，很多同学都效仿，开始翻自己的口袋，把东西摆在桌子上……

陈老师见状，马上又把手交叉比画了一下，终止大家的行为。"我还是希望，这个……捡了……张刘盛同学五块钱的人，能把钱交到我这里。如果不愿意交给我，完全可以悄悄放回到张刘盛同学的课桌里。"

所有同学都听出来，陈老师没用"偷"字，只用了"捡"字。

这个"捡"字，让大家平静下来了。就像电影中城市上空出现了轰炸机，警报在拼命地响，但是，轰炸机飞过去了，没有丢下炸弹。

"现在，上课了！"陈老师说道。

"不查了？"

"陈老师可以翻一下大家的口袋啊！"

……

陈老师像是没听见同学们的议论，再一次说："现在上课！"

这节语文课，陈老师讲得没有激情，同学们听得无精打采。好容易熬到下课铃声响了，大家没动，看着陈老师，觉得张刘盛丢了五块钱的事情没有结束。

真的没结束。陈老师走到张刘盛面前，小声问道："你的五块钱，原来放在什么地方了？"大家都看见张刘盛打开自己的文具盒，说："我把它折叠起来，压在橡皮底下的！"

"它自己是不会掉出去的，对吧？"陈老师像是自问自答。

"不可能掉出去！"张刘盛肯定地说道，"我的零钱，一直都放在文具盒里的。"

陈老师呆呆地望着桌子上打开的文具盒，然后伸出手把它合上，突然大声地说："我相信，捡到它的同学，会还给你的！"很明显，陈老师是想让大家都听到。

张刘盛心里想，别说是被人偷走了五块钱，就是真的捡了五块钱，也不会有人还回来的！陈老师为什么肯定会有人还回那五块钱呢？

当时，马万才在心里问了自己不下十遍："我捡了那五块钱，会还给张刘盛吗？"

张刘盛没想到，下午上第二节课时，他发现自己课桌里出现了五块钱。马万才没想到，同学们也没想到，真的有人把五块钱还回来了。

肖文文跑到办公室告诉了陈老师。陈老师跟着肖文文回到教室时，看见大家的脸上都是舒展的，像暴风雪之后天空中出现的暖阳。

"有人捡到了五块钱，还回来就好！"陈老师笑着说道。

　　但是，大家看张刘盛时，发现他并没有高兴，而是把那五块钱在手里翻过来倒过去地看，然后把眼光落在陈老师脸上。

　　"怎么了，张刘盛？"陈老师问道。

　　张刘盛把五块钱抓在手里，走到陈老师面前，放到讲台上："陈老师，这五块钱不是我的。"

　　"不是你的？"

　　"那这五块钱是谁的？"有人问道。

　　陈老师问："为什么说这五块钱不是你的？"从陈老师的表情上看，是他没有想到的。

　　张刘盛说："我那五块钱是新的，这五块钱是旧的。所以，它不是我的！"

　　陈老师点头说道："看来，我们班上有一个同学，怕你着急，先替那个捡到五块钱的同学，塞到了你的课桌里。"

　　张刘盛突然说："陈老师，这五块钱是你的！"

　　同学们张大嘴巴"啊"了一声。

"你为什么说是我的？"被张刘盛看出了谜底，陈老师想知道张刘盛是怎么想到的。张刘盛说："陈老师，我上午丢的钱，下午就有人还给我，又不是我的钱。哪个同学的口袋里会有五块钱啊！只有陈老师，你们大人的口袋里，会装着钱。所以，我想，肯定是陈老师的钱，怕我伤心，才用你自己的钱还给了我。"

陈老师点着头，安慰张刘盛："我还是肯定一点，这个捡了五块钱的同学，会把钱还给你的。"

第二天的早上，张刘盛把书包准备放进书桌里时，看见了自己的五块钱，新的，还是原来折叠的样子。

肖文文又跑到办公室报告给陈老师了。当陈老师站到讲台上，还没说话，他的眼睛里湿了。

同学们都觉得陈老师越来越爱哭了。

"陈老师，你又哭了！"有人说。

陈老师擦了一下眼睛，问道："你们知道，老师为什么要流眼泪？告诉你们，因为，还钱的这个同学，他再需要钱，再渴望好吃的，再有很多很多的欲望，他没有丢掉自己的一样东西，最最宝贵的东西……"

同学们都想知道陈老师说的那个最最宝贵的东西是什么。

"尊严！"

大家的表情庄重起来。

"我们班，从现在开始，谁也不要问，这个捡钱的同学是谁！他跟我们一样，都是普通的、缺钱而有尊严的人！"

陈老师的话嗡嗡的，像轰炸机掠过教室一样。

这件事，真的没人再提起。但是，都留在了同学们的记忆深处。同学们容易忘掉的是学过的课文，是刷在大墙上的标语，是天天挂在大人嘴边的教育。在班里发生的五块钱的事不能忘却，跟了他们一生。

古力问过马万才："你说，五块钱到底谁拿的？"

马万才说："不好猜。"

"不是你吧？"

"古力，你要这么想，我跟你急！"

"跟你开玩笑的。"

"开玩笑也不行。"

"跟你开玩笑，你还真急了。"

马万才说："这可是尊严的事。"

古力又问："你说，尊严到底是什么？"

马万才说："尊严，是一个人走到任何地方，任何时候，心里都不虚。"

古力伸出大手捏了一下马万才的肩膀："说得有道理啊！"

马万才抖了一下肩膀，不高兴地说："你表扬和批评都捏我，到底是表扬还是批评？"

古力说："欣赏。"

马万才笑了："你还懂欣赏？"

古力又朝马万才伸过手来，被马万才挡住了："又想捏我！"

"欣赏你！"

小火车

儿童公园的小火车很出名，它已经开通一年多了。它沿着小铁轨总共行驶一千六百米。从哈尔滨站出发，只经过一个大站北京站，全程十分钟，然后驶回到原点。

第一场雪降下的那天，陈老师忽然问："大家都知道儿童公园的小火车吧？"有的同学坐过，点头和举手的都有。

"大家也知道，一年多来，小火车的列车长、乘务员都是由各个小学的同学义务担任的。现在，小火车的列车长和乘务员的选拔，轮到我们太平小学了！"

被点着了火一样，教室里的温度一下子高起来。在儿童公园小火车通车的那一天开始，就是由小学的学生担任列车长和乘务员的。同学们会经常问陈老师："为什么老是轮不到我们去小火车啊？"

"再轮不到我们，我们就小学毕业了，再当不上小火车的乘务员了！"

这一天，真的来了。

"这一次，学校只给了我们四年六班两个名额，就是说，只能有两个同学有幸担任小火车乘务员！"

陈老师的话音刚落，教室里有点乱起来。所有同学都很激动，没有一个不想去的。"大家推荐，然后投票，最后定下哪两位同学去！"陈老师说话的声音还是被大家的声音湮没了。

陈老师虎着脸说："不听我说，我就把班上的两个名额，让给别的班了！"

听老师这么一说，同学们都不能再假装听不见了，教室里一下安静下来。陈老师这才接着说下去："本次推荐的同学，第一，要品学兼优；第二，要端庄有礼貌；第三，要学会说生活外语……"

"说生活外语？……"大家有点发蒙。这后面的条件，把大家朝前奔跑的路眼睁睁地堵死了。

马万才只听说大人有学俄语的，因为苏联专家来哈尔滨是家常便饭，经常在大街上能看见苏联人。他们在天冷时穿着呢子大衣，围着羊绒围巾，穿着大皮靴，踩着积雪，嘎吱嘎吱走在大街上。

这时，女同学肖文文举手说："陈老师，我会一些俄语！"

大家的目光转向肖文文，眼神里都充满了嫉妒和羡慕。因为大家清楚，肖文文的爸爸是重型电机厂的工程师，在苏联留过学，会一口纯熟的俄语，没事的时候，总会教肖文文俄文，她在家中吃饭啊看报纸啊，都会使用俄文的一些日常用语，跟爸爸和妈妈交流。

在会俄语的条件上，谁也比不了肖文文，同学们自叹不如，都瞬间变成了哑巴。

马万才突然问："在哈尔滨的小火车上当乘务员，为什么非要会外语的？"他的问话，代表了很多同学心里想问的话。

"是啊！"

"在我们儿童公园的小火车上，为什么要会外语？我们的小火车也开不出中国！"

"就是开出中国，我在中国的小火车上，也用不着说外语啊！"

很明显，同学们有些激动，对要求"会点外语"这个条件，也非常生气和不服。陈老师笑着说："大家不要急。肖文文同学会说一些俄语，非常好。这说明，肖文文除了有得天独厚的家庭条件外，还有一点更加重要，她愿意学习。你们看，她平时学的俄语，现在就用上了！"

看来，肖文文已经占有了一个名额，是板上钉钉的事了。那还有一个名额啊？大家的眼睛又亮起来，比刚才还要亮，比刚才瞪得还要圆。

"下半年，听说来我们儿童公园参观的外宾很多，不仅仅是苏联人，还有越南人、罗马尼亚人、古巴人、阿尔巴尼亚人……"

"这么多外国人来啊！"

"我们哈尔滨儿童公园的小火车，在全国是出名的，也让外国朋友知道了。他们凡是到了哈尔滨，都想坐一坐我们的小火车。"陈老师在说话时，流露出如果当上一名小火车的乘务员，那是万分自豪的一件事。

马万才举手说："陈老师，我现在学俄语行吗？"

胡星安问："你现在学？跟谁学？现学来得及吗？"

古力问肖文文："你能教同学们俄语吗？"

肖文文看着陈老师，不知道该怎么回答古力。陈老师却问大家："还有会说外语的吗？"大家相互看，没人举手。

这时，陈老师盯着张刘盛问道："张刘盛！你是举手了还是没举手？"同学们马上顺着陈老师的目光看过去，见张刘盛把手举到耳边，没超过头顶，那动作，又像是耳朵痒痒，在用手轻轻地抓耳朵。

陈老师不确定，又问了一句："张刘盛，你是在举手吗？"

张刘盛有些不好意思地点点头。

"你会外语？"陈老师问。

同学们很失望地看见张刘盛点了一下头，很肯定地点了一下头。

"你会……"陈老师问。

"英语行吗？"

"你会英语？"

"除了简单的日常用语，还会一千个英文单词！"

"哦？"陈老师的脸上先是惊愕，然后是惊喜，"我该想到的我该想到的，你们家有亲戚在香港，还有生意对吧？我该想到的，我该想到的！"

"我妈妈和爸爸说，让我从小就学会英文，说将来会到国外上学，就是将来在国外做生意，也要精通英文。"

陈老师不断地点头："我该想到的，你会英文。"

这时，肖文文的脸上出现嫉妒和羡慕了。

陈老师笑着说："肖文文和张刘盛同学，代表我们班，参加这样的活动，会用俄语、英语跟外国朋友交流、对话，这让我们四年六班都感到自豪！"

胡星安看到陈老师做出了决定，遗憾地说出了心中更大的遗憾："我听别的小学当了小火车乘务员的学生说过，跟外国朋友在一起，外国朋友会送给小乘务员礼物，还会跟小火车的乘务员合影留念……"

张刘盛听到了脏眼的话，也听了一会儿大家的议论。张刘盛又举起手来，陈老师问他有什么事。张刘盛说："陈老师，如果我当了小乘务员，有外国朋友送给我礼物什么的，我一件都不留，一定交到班里，送给没有当上小火车乘务员的同学！"

脏眼一听，眼都绿了："说定了，一定要把礼物都上交啊！"

古力说："合影照片呢？"

张刘盛说："也交，挂在班级的墙上！"

马万才摇着头说："照片上也没我们，只有你跟外国人在一起，挂墙上光看你了，跟我们也没关系啊！"

张刘盛的脸上显出一种愧疚的表情，他不知道该怎么做，才能安慰心理失去平衡的同学们了。

陈老师用手做了一个习惯朝下压的手势，让大家安静："看看，你们看看，我们选一下小火车的乘务员，怎么带出这么多问题？我真的不理解你们的小脑袋瓜子里都想些什么稀奇古怪的事情！"

已经定下了肖文文和张刘盛，大家对当不当小火车乘务员已经失去兴趣了。只是心里不服气。

没想到的是，肖文文和张刘盛的名单报到学校，被学校领导换了人选。

让古力换掉了张刘盛。

为什么啊？大家都问。陈老师在班里是这样解释的:"为什么让古力同学换下了张刘盛同学?学校领导是这样考虑的,古力同学虽然不会一句外语,但是,他的爸爸是我们哈尔滨市大炼钢铁的劳动模范!"

"大炼钢铁的劳动模范!"这个响当当的称号,让同学们没话说了。

陈老师的眼睛没看张刘盛,而是把目光望着窗外,窗外的一缕阳光照在陈老师疲倦憔悴的脸上,看上去,陈老师的脸圆润了许多。大家都记得陈老师语气诚恳地说道:"这次,有的同学被换下来,不要紧的。我相信,有的同学从小学会的外语,有一天,总会用上,总会在他的人生中发挥着想象不到的作用!"大家都听出来,这是说给张刘盛听的。

张刘盛原来一直低垂着头,很难过。他听到陈老师的话时,把脸抬了起来,心存感激地望着陈老师。

有的同学也难过起来。为张刘盛难过。这时候,大家都看出来,当上了小火车乘务员的古力,没有表现出兴奋,反而垂着自己的头。

下了课，古力找到陈老师，希望还是让张刘盛去。

陈老师说："这是学校领导决定的，别推辞了。"

古力心里觉得，很对不起张刘盛。

那天，马万才跟古力说："看来，大炼钢铁的劳动模范，比会说外语厉害啊！"

古力听了，一点都高兴不起来。

臭　蛋

　　臭蛋不是人的外号，就是蛋臭了。陈老师买的咸蛋不是臭的。但是，他不舍得吃，放臭了。放臭了，又不舍得扔，就吃到肚子里，肚子里就臭了。

　　那天，家里没有可吃的菜，陈老师就把已经臭了的蛋拿出来，剥了皮递给聪聪，聪聪一闻，就躲开了："不吃……"

　　陈老师能忍受臭味，就吃了。

　　陈老师上第一节课的头十分钟时，肚子就疼，然后开始叽里咕噜乱叫，叫的声音挺大，坐在教室第一排的同学离陈老师近，都能听见陈老师肚子里的动静。

陈老师忍到二十分钟时，忍受不住了。他觉得臭蛋把自己肠子和胃两个世界都搅得天昏地暗。他黄着脸，用比上课时的音调低很多的声音问："谁有手纸？"

一开始，同学们还不知道陈老师上课要手纸是什么意思，就呆呆地看着他。陈老师又问："对不起，哪位同学有手纸？"

大家都听懂了，几乎没人带手纸。只有张刘盛站起身，把手纸递给了陈老师。陈老师说了声："谢谢你，麻烦同学们等我五分钟！"说完，陈老师匆匆跑出教室了。

班里的同学不知道陈老师怎么了，但是，知道陈老师上厕所，才能解决紧急出现的问题。陈老师回来了，黄色的脸像是又变白了，他进教室就又开始道歉："对不起同学们，耽误大家上课了！刚才，我的肠胃不舒服……"

"是拉肚子吗陈老师？"马万才问。

"对，拉肚子了！早上，吃了一个咸蛋……"

"是臭蛋吧？"马万才又问。

"可能是放久了吧？"

马万才说话的兴趣一下子被臭蛋提起来了："我爸也吃臭蛋，但是，他从不拉肚子。"

"为什么？"陈老师也像是有了兴趣。

马万才说："我爸身体好吧？再说，他吃臭蛋时，要喝白酒，高度白酒！他说高度酒能杀死肚子里的细菌。"

陈老师说："我一不抽烟，二不喝酒。"

"那陈老师就不能再吃臭蛋了！"马万才说。

"不舍得吃的蛋，有点味了，也不能白白地扔掉啊！少吃点没事！"陈老师刚说完，脸色又变黄了，"对不起，我好像还要耽误大家一会儿。"说着，没来得及跟同学要手纸，冲到教室外面去了。

肖文文跟张刘盛说："你快去给陈老师送手纸吧！"

张刘盛刚把手纸从书包里取出来，脏眼抢到手里：

"我给陈老师送去！"不等张刘盛反应过来，脏眼举着手纸已经冲到外面去了，他兴奋的样子，不像是给拉肚子的陈老师送手纸，倒像是给陈老师报喜去了。

那天的语文课，一大半的时间，都被陈老师在厕所里消耗掉了。

马万才回到家，说起陈老师吃了臭蛋拉肚子的事，问爸爸："臭蛋能吃吗？"

爸爸说："是腌的臭鹅蛋还是臭鸭蛋？也有腌鸡蛋的，鸡蛋很容易臭的，因为鸡蛋皮薄！"

"不管是什么蛋，反正，我们陈老师吃的蛋臭了！肯定臭了！他上午开始拉肚子，到了下午，我上厕所，又撞上陈老师蹲在厕所里……"

妈妈说："不能吃啊！拉肚子能拉一天，那个臭蛋就是细菌弹啊！"

爸爸却说："我能吃！多臭的蛋，让我喝口白酒一消毒，就没事了。"

马万才说："我在学校就这么跟同学们说的。"

妈妈挖苦道："这种事情你还拿到学校去说？你爸的肚子，就不是人的肚子！"

"我爸的肚子不是人的肚子，是什么肚子？"

"鬼的肚子！"

"为什么是鬼的肚子？"

"因为鬼吃了什么东西，都不会拉肚子！"

马万才回头看了爸爸一眼，说道："爸，妈妈说你的肚子是鬼的肚子！"

爸爸瞪了妈妈一眼，对马万才说："你别听你妈妈胡说了，什么鬼不鬼的？如果你们陈老师有好蛋吃，他能吃臭蛋吗？没钱了，肚子就要学会坚强，肚子不硬，吃什么都拉肚子，还能活吗？一个中国人的肚子，特别是一个中国男人的肚子，不硬，不强，怎么活？你们告诉我！怎么活？！"

爸爸这一番肚子强硬能吃臭蛋的悲怆的理论，马万才听了，振聋发聩。他忍不住用手揉着自己的肚子，希望自己下边的那一部分，是硬肚子，跟爸爸的肚子一样，铁打的。

　　四年六班的同学都发现，陈老师瘦了，拉过肚子之后，明显瘦下来。本来，他脖子上的喉结若隐若现，坐在前排的同学，才能看见陈老师的喉结在皮下轻柔地滚动。现在看上去，陈老师的喉结，像是要随时冲出薄薄的皮肤，拱出来，脖子上的薄皮快要包不住了。

　　这是马万才的感觉，他坐在第四排，都能看到陈老师的喉结。他突然心酸起来，拿着笔，在本子上写了一句话：陈老师脖子上的喉结……然后就停不下来，写了下去，写到陈老师不舍得吃蛋，蛋臭了，不舍得扔，吃了后拉肚子，人瘦了。又写到聪聪，写到聪聪吃地上的土香肠，写到只有几岁智力的聪聪跟他马万才的梦想一样，看到什么都会联想到香肠，最想住到香肠盖的房子里……

　　同桌的女同学郭小鱼一直侧眼偷看马万才不停地在本子上写啊写，因为马万才写得太快，字迹潦草，她看不清，才憋不住问他："马万才，你在写什么？"

马万才用手捂住自己的本子，回答道："瞎写……"

"瞎写？瞎写还写这么多？"

"瞎写就是瞎写，你管呢？"马万才用手把来自郭小鱼方向的眼光挡住，继续写，他停不下来。

郭小鱼的眼光被马万才的手挡着，更看不清了，就用手掰了一下马万才的手："让我看看！"

马万才说："我不想让别人看！"

非常怪，越是不让看，就越想看。郭小鱼从马万才的胳膊窝里把一只手伸进去，用手按住了马万才的本子，马万才见郭小鱼的手偷袭进来，立即用两只手反击，把郭小鱼的手和本子一起压住。压得太猛，也狠，郭小鱼就叫了起来……

陈老师问道："怎么了郭小鱼？"

"马万才把我的手压疼了……"

"马万才！你为什么要压郭小鱼的手？"陈老师问。

郭小鱼的脸瞬间就红了，她很担心马万才说出真正的原因，就低着头，很想把自己藏起来。

没想到，马万才说："我不小心，压了她的手……"

"平时一定要小心，有时候，同学们的手里都拿着笔、格尺，拿着铅笔刀，都是尖硬的东西，千万不要碰伤别人……"

马万才看了郭小鱼一眼，发现郭小鱼不好意思地看了他一眼，躲开了马万才的视线。

上数学课时，马万才想削一支铅笔，却发现自己的铅笔削好了，他拿着铅笔，看了半天，自己早上就知道这支笔已经断了，要削的，它自己就削好了？再仔细看，郭小鱼的桌子底下散落着铅笔屑。

"你帮我削的铅笔？"

"我没帮你削！"郭小鱼不承认，态度很坚决。

"那谁帮我削的？"

"那谁知道？"

马万才故意说："肯定是陈老师的儿子聪聪削的！"

"你傻啊？聪聪会帮你削铅笔？"郭小鱼真的以为马万才傻。

马万才又故意说道："肯定不是你削的，你恨我还来不及呢！"

"你傻啊？"郭小鱼还没说出后半句话，教数学的刘炳琴老师走进来了。大家都知道刘老师厉害，教室里瞬间就安静了。

但是，郭小鱼还是小声跟马万才说："我想看看你写了什么。"

"不行！"马万才拒绝了。

"你要是让我看，你这一学期的铅笔，我都帮你削！"

马万才看看郭小鱼："你那么想看？"

"想看！"

"真帮我削一个学期的铅笔？"

"嗯！"

"臭蛋！"

"你骂我？"

"我说，我写的是臭蛋！"

"臭蛋？"

"一说臭蛋，你不想看了吧？"

"我更想看了！拿来，让我看看！"郭小鱼说。

……

古力的手

　　那天很怪，张刘盛不是拎着自己的三层搪瓷饭盒走进教室的，是端着一只搪瓷碗进来的。马万才和同学们都认得出，张刘盛手里的空碗，是三层搪瓷碗中的一个。今天怎么就端着一只空碗来上学？看上去像要饭的。

　　张刘盛的头发不是过去那样梳理得顺畅服帖，有一绺头发像牛角一样竖着，上身衣服的下摆的扣子也掉了一个，扣子没了，衣服扣眼上的"遗址"，残留着一根黑线不舍得离开，还挂在那里，诉说着刚刚发生的惨案……

很多同学看见了，预感到什么，没敢问。古力看见了，问张刘盛："你怎么了？好像掉进动物园，跟狼搏斗完逃出来的。"

张刘盛坐在自己的位置上，不说话，不想说话。

脏眼胡星安走过来，把张刘盛放在桌子上的空碗拿起来，翻来覆去看了看，放在桌子上："你今天没带饭？"

张刘盛还是不说话。

马万才在旁边观察了半天，开口问道："被人抢了？"

张刘盛看看马万才，眼睛红了，点了一下头。

"你被人抢了？"古力大声问道。

马万才看着张刘盛一身乱糟糟的样子，说道："肯定被人抢了！"

"你为什么不报告陈老师？"古力问道。

张刘盛说："我不知道他们是谁，他们抢了我好几次了……"

"都抢了你好几次了？"脏眼吃惊了，"抢了好几次，为什么不跟老师说啊？"

　　张刘盛低着头说："他们把我的头用一块黑布蒙住了，然后把我饭盒里的吃的抢走了，他们说，我要是告诉大人，用刀把我的舌头割了！我没敢说这件事。"

　　古力问："他们只抢你饭盒里的东西？"

　　"也翻过我的口袋，掏走了两块钱……"

　　"抢了那么多钱？两块啊！"脏眼叫起来，声音太大，让刚走到教室门口的陈老师吓了一跳。

　　"为什么不告诉老师？"

　　"你现在就该告诉陈老师！"……

　　陈老师走过来："发生什么事了？"

　　张刘盛低着头，不停地用手压着那绺竖起的头发。

　　马万才说："张刘盛被抢了好几次了！"

　　古力说："他被他们蒙住了头，抢了他饭盒里的东西！"

　　脏眼说："除了粉肠，还有他口袋里的两块钱！"

　　陈老师伸出手，帮着张刘盛把他头上那绺不安的头发朝下摁了摁："他们把你的头蒙住了，你不知道他们是谁，对吧？"

张刘盛听了这句话，才抬头看了陈老师一眼，点了一下头。

"我知道了！"说着，陈老师转身朝讲台走去。

脏眼没看出听到这件事情后，陈老师有激动和气愤的表示，追问道："陈老师，这事就过去了？"

古力也看着陈老师，希望陈老师回答他们的疑问。

"上课！"

陈老师不想看同学们眼里的疑问，他面朝黑板，背朝同学，用粉笔写下今天要学的课文的名字：祖国的明天！

下课时，马万才走到张刘盛跟前，问他："你被抢饭盒时，真的被蒙住了头？什么也没看见？"

"……"张刘盛看着马万才，点了一下头。

"你都被抢了好几次，你都没发现他们是谁，他们多大了？几个人？他们不会隐身吧？你没有一点点预感吗？他们会突然飞到你身后，蒙住你的头？在大街上，把你三层饭盒里的东西抢光了？你为什么不喊一声？你只要喊一声，就会被人听到，就会有人帮着你啊！"这些话，是马万才想了一节课，生出的念头和疑问，它们汹涌而来，淹没了他的大脑，直到下课铃声响起，脑袋里的念头才从水里跃出水面。

"……"张刘盛低着头，仍旧沉默。

"我问你呢！说话啊！"

"别问了，好吗？"

马万才用手扳了一下张刘盛的头："你认识他们？"

"我觉得，他们饿了！"

"他们饿了？"

"他们馋了！"

"他们馋了？"

"穷……"张刘盛很艰难地吐出这个字。

不知道为什么，马万才心里被扎了一下。张刘盛费力吐出的那个字，像风中刮过的刀子，看不见，摸不到，掠过他的胸膛，就是把心划疼了。

突然有同学喊道："下雪了！"

同学们都拥到教室窗前，看白色的雪飘落下来。马万才看着雪花，脑子里想的是天空中是谁在哭，流出的是热泪，到了人间就变成了凉凉的雪？

那天放学，陈老师一直陪着张刘盛走到学校门口。张刘盛跟陈老师说，他想让这件事情过去，不再提这件事。陈老师问他："你告诉过家里大人了吗？"

张刘盛说："也不想说，我觉得这件事过去了。"

"你太善良了！我想说，再发生这种事情，一定要告诉学校和家里人，知道吗？"陈老师嘱咐说。

张刘盛答应了。

古力一直跟在他们身后，听到这里，突然插话说："再发生这种事，也告诉我们。"

陈老师回头看见古力，对他说："可以告诉你们，但不是让你们打架。你们还小，太小了！有时候，我们这些大人遇到一些事情，都不好解决，你们这些孩子，还不能保护好自己！别做那些让老师担心的事情。"

张刘盛没说话，心里只是感动。

第二天，住在马家街的古力，多跑了几条街，赶到太平街，守在张刘盛家的楼下等着。他看见张刘盛出来，发现他拎着一个新的饭盒，古力就走过去接过张刘盛手里的新饭盒："我陪你去学校！"

张刘盛吃惊地问："你跑了这么远，就为了陪我？"

"没多远啊！告诉你，我和弟弟都从南岗区跑到道里的儿童影院看过电影。从我家跑到你家，这太近了。"

张刘盛跟在古力身后，脚踩着积雪，听着嘎吱嘎吱的声音，像是听着冬天早晨的一支节奏强烈的曲子。

一连三天，张刘盛都会在早晨的太平街上跟古力会面。第四天，脏眼也出现在太平街，先跟古力见了面，然后，一起陪着张刘盛去上学。

一个星期很快过去了。当陈老师听说古力和脏眼跑很远的路，特意陪着张刘盛上学时，他在班上表扬了古力和脏眼。大家都记得，陈老师代表同学们感谢古力和脏眼后，还抒情地说了一句："今天听广播，哈尔滨的最低气温是零下二十七度！但是，此时此刻，我这里……"陈老师用手拍了一下自己的胸口，"就是这里，感到很温暖。"

古力出事，是在第八天。

他放学回家时，冬天的傍晚已经有些黑了，他还没到八区街，就从街角冲过来三个人，后面的人像是拎着一个书包，其实是天黑，古力没看清，那个人拎着一块黑布，上来就要蒙住古力的头，被古力用一只大手挡开了。那一瞬间，让古力惊醒了，他记得张刘盛说到被抢时，也是有人用黑布蒙住了他的头，然后再抢他的东西。古力认出，他们三个是太平小学旁边的中学的学生。

他们把古力抱住，摔在地上，一个人用手里准备好的石头，砸古力的右手，一边砸，一边叫："让你管闲事，你给我们吃的？多管闲事，看你还管不管！"

古力的手被摁在雪上挨第一下的时候，疼得他想丢掉自己的手。砸了几下之后，他的手就木了，他以为自己的手已经离开他了。他说："我认识你们！"三个中学生听见了，撒腿跑了。

古力疼昏了。

第三天，学校的领导和陈老师赶到了医院，看望古力。医生告诉他们，古力右手的食指和中指断了，会有很长时间不能握笔，需要恢复。

四年六班的同学去医院看古力时，看见古力的手缠着厚厚的白纱布，张刘盛哭泣起来。马万才一个人躲在医院走廊里，也忍不住流出泪来。

郭小鱼安慰马万才："你们都哭什么啊？医生都说了，古力的手会好的！再说，三个打古力的人，学校已经知道是谁了。"

"竟然断了两根手指，中指和食指，怎么吃饭？怎么拿笔?"马万才很伤心。

　　一个星期之后,古力上学了,但是,他的手还不能写字,只能学着用左手写作业。很多同学帮着他削铅笔,鞋带开了,同学们帮着他把鞋带系上……

漂亮本子

　　自从郭小鱼看过马万才写的东西之后，会经常对他说："让我看看你的本子，又写了什么？"

　　马万才不想让郭小鱼看。

　　那天，马万才看见自己桌上放着一个非常漂亮非常厚的本子，紫色的，还是硬壳的皮。他问郭小鱼："谁的本子？这么漂亮。"

　　郭小鱼说："放在你的桌子上，肯定就是你的！"

　　"到底是谁的？"马万才摸着本子，声音里有掩藏不住的激动和喜欢。

"你的！"

马万才突然明白过来："你买的？"

"现在是你的，我送你的！"

"为什么送我……这么贵的本子？"

"因为你愿意写东西啊！"

"你送我本子，有条件吧？"

"我的条件很简单，我什么时候想看你写的东西，你都要让我看！"

马万才点着头说："行！它太漂亮了，太厚了，太结实了，我能在上面写好多东西啊！"

"你喜欢就行！"

"真喜欢！"

有了这个漂亮硬壳的紫色本子，马万才不像原来那样，在一个普通本子上随意乱写了，而是认真地在本子上写下第一个字，就像头一次第一口吃粉肠。他准备把自己写在几个本子上的东西，都认真地抄在这个硬壳本上。

郭小鱼说："这个本子被你写满了，它就是你写的第一本书！"

马万才听了，心里颤抖了一下。真的激动啊！郭小鱼说出的话，是他没敢想的。那个念头，就像是冬天松花江冰层下的鱼，潜游江底，等待冬天过去，等待破水而出的时刻。马万才有点感激地说："第一个读者是你！"

"我当然是第一个读者了！"郭小鱼说。

冬天进入三九天的时候，是最冷的。

张刘盛有三天没来上学。一开始，同学们以为他病了。一周过去，张刘盛还没来上学，脏眼问陈老师："张刘盛哪里去了，为什么没来上学？"

陈老师说："他有事。"

"有什么事啊？"

陈老师这样解释的："他家里有事。"

同学们不问了。但是，望着张刘盛的空空的座位，大家心里也是空落落的。马万才和脏眼，还有古力，都猜测过张刘盛家里会出什么事。古力说："是不是因为有人抢他的饭盒，他转学了？"

脏眼说："肯定转学了！"

"有点不可能！"马万才分析。

"为什么不可能？"古力问马万才。

"他要是转学，也不用这么长时间不来上课啊？再说了，他已经转学走了？老师也没说啊？陈老师只说，他家里有事，这跟转学没关系！"

谁也想不到，张刘盛真的要离开太平小学，离开四年六班了。他不是转学到哈尔滨的其他学校，他是离开了中国。张刘盛在国外的亲戚，准备把张刘盛接到国外去上学了。

陈老师把张刘盛带进四年六班教室时，大家看见张刘盛穿戴整齐，拎着一个大大的布袋，里面是送给同学们的小礼物。

　　看见穿戴利索干净的张刘盛，大家都觉得，他就该是这个样子。

　　马万才清楚地记得，张刘盛送给古力的小礼物是自动铅笔刀。"这是你的，古力，你最需要它。"古力用左手接住自动铅笔刀，把它紧紧攥在手里。大家都看见，古力把自己的右手背在身后，像是不愿意让张刘盛看到。

　　张刘盛送给马万才的是一支钢笔："这是你的！"看见那支钢笔，马万才没敢伸出手去接："它多贵啊！"

　　张刘盛说："接着，你也需要它，肯定会用上它的。"

　　当张刘盛的包里的礼物都送完之后，他回头看了一眼陈老师，送给了陈老师一个纸包。陈老师笑着说："还没忘记给老师礼物，我猜，是一封信！你有话要说，当面又不好意思说，对不对？"说着，陈老师打开了小纸包，从里面掉出了十元钱。

　　陈老师的脸色一下子变得惨白和严肃起来："为什么要给老师……钱？"

"我跟爸爸和妈妈说，老师需要钱，聪聪需要钱……"

"不不不，你送给老师什么礼物都行，老师都接受。但是，老师就是不能接受你的钱！不行不行！"陈老师把钱捡起来，塞进张刘盛的口袋。

"陈老师！"张刘盛还想坚持让陈老师收下十元钱。

"坚决不行！"

所有同学都被张刘盛的行为感动，也为陈老师最后也没有接受学生的十元钱而感动。

张刘盛分完了礼物，真的要走了，大家心里突然不舍起来。尤其是张刘盛朝教室门口走去时，有女同学竟然哭了。

听到哭声，张刘盛转过头来，他的脸上也有了泪水。"陈老师，我一直想跟一个同学要一样东西！"

同学们一愣，不知道张刘盛想要什么。

"你说，你想要什么？"陈老师问。他知道张刘盛今天来得突然，走得也突然，四年六班的同学都没有时间准备送给张刘盛的礼物啊！

张刘盛走到马万才面前，站住了，他的脸上还挂着泪。他却笑着说："马万才，我想要你一件东西……"马万才心里吃了一惊，自己身上会有什么东西让张刘盛喜欢啊？他把自己打量了一遍，找不到答案，疑惑地问："找我要东西吗？想要什么？"

"你一定给我！"

"什么？只要我有！"

"你有！"

"你说！"

"我想要你的一篇作文，陈老师念过的你的一篇作文！"

"哪篇作文？"张刘盛的要求让马万才感到大大的意外。

"《香肠房》！"

"为什么？"

"我想要！"

马万才把自己的作文本拿出来，翻到那篇《香肠房》："等等，我把它撕下来……"郭小鱼说："慢点，我来吧。"说着，她用一把小刀，很小心地把《香肠房》从本子上齐齐地割下，递给张刘盛。

当张刘盛再次转身离开时，郭小鱼对马万才说："张刘盛是你的第二个读者！是国外的读者！"

"他要去哪里？"

"谁也不知道。听说，他要先去香港……"郭小鱼说着，又想起一个问题，"刚才把《香肠房》送给张刘盛了，你还能想起它，把它完整地写下来吗？"

马万才说："当然能。因为那是我的一个梦！谁也不会把一个做了四年的梦忘掉！"

在一九五八年的这个冬天，张刘盛从大家的眼中消失了。就像是落在地上白白的雪，刮来一阵风，把雪吹跑了，吹干净了……

但是，当春节到来时，马万才无论走到哪条街上，看见堆起的雪人，都会让他想起张刘盛，白白的，胖胖的，干干净净的……他觉得，生活在哈尔滨的孩子，都该长成这个样子。

香肠梦，还在继续。马万才还是不停地想吃东西，吃好吃的东西。

大年初三的时候，马万才正在家中玩，爸爸又去帮着一家邻居疏通下水道去了。门响了，有人敲门。妈妈说："万才，我手里正忙着，你去开门，看谁来了。"

马万才去开门时，心里还想，会是谁呢？打开门时，门外站着陈老师，他的身后，还站着聪聪。

"陈老师？"

陈老师问："我能进去吗？"

"快进来！陈老师！"马万才让陈老师和聪聪进屋时，还回头喊妈妈："妈，我们班主任陈老师来了！"

"你的老师来了？快进来！"妈妈放下手里的活，迎了出来。

　　陈老师用手拍了一下聪聪的头，跟马万才的妈妈说："这是我儿子聪聪!"马万才的妈妈听马万才说过，聪聪有点智障，而且，聪聪的妈妈已经离开他们，只有陈老师一人带着聪聪。现在看见了聪聪，就心疼这个孩子，用手摸了一下聪聪的脸："这孩子……"

　　"万才的爸爸不在吗?"陈老师问。

　　"他爸帮着一个邻居通下水道去了，那家可能来的人多，把下水道堵了。"

　　在陈老师问马万才的爸爸在不在时，马万才觉得陈老师是有事才来他们家的。当妈妈给陈老师端来一杯水放到桌上时，马万才问道："陈老师，你有事吧?"

　　陈老师说："等一下你的爸爸。"

　　妈妈见陈老师有事情，就说道："有事就说，陈老师，不用等万才他爸回来。再说，他爸不知道什么时候才能忙完活，你说吧。"

　　"我要去南方一趟，看一下我的女儿，我有一年多没见到她了。我想……"陈老师好像难以启齿。

"你说吧，陈老师！"马万才说。

"我想……在我走的几天里，想让你们照顾一下聪聪……"

马万才和妈妈同时回头看着聪聪，聪聪正拿起箱子上的铁盒子，左看右看。马万才看着妈妈，担心妈妈不答应，忙说："妈，聪聪很懂事的！"

妈妈对陈老师说："我知道聪聪的一些事，你放心吧，聪聪就放在我们家，让他跟万才一起睡。你的前妻这样对你，你还惦记自己的女儿，你是有情有义的男人。聪聪交给我们，你就放心去吧！"

"我再跟万才的爸爸说一下……"陈老师觉得这么大的事情，应该跟家里的男主人说一声的。

马万才的妈妈说："这种事，不用万才的爸爸同意。你不用担心！"

马万才看见陈老师站起身，给妈妈鞠了一躬："真给你们添麻烦了！"

妈妈忙拦住陈老师："陈老师，你教了我家万才四年了，我都没给你鞠过躬，我该给陈老师鞠躬啊！"

陈老师把聪聪留在马万才家里，乘坐当夜的火车去南方了。那天晚上，马万才的爸爸回家，知道了这件事，只说了一句话："我要是聪聪的爸爸，肯定做得不如陈老师！做这样的男人，太不容易了！"

马万才说："爸，你也不容易啊！"

"我比起你的陈老师，他更不容易！他更像一个男人……"

马万才第一次明白，一个更像男人的男人，不一定像爸爸这样浑身有力气。像陈老师这样看上去瘦弱的男人，也很男人。

跟聪聪度过的第一个晚上，马万才给聪聪画了一幅画——用香肠盖成的楼房。聪聪把这张画盖在自己的脸上，像是嗅着香肠楼的味道，又像是睡在里面做梦……等聪聪真的睡了，马万才在紫色的硬壳本子上，写了一个标题：陈老师和他的儿子聪聪！

世界上再漂亮的本子，也会记下伤感的故事。

……

这是马万才那天写下的第一句话。

冰面上的痛哭

　　整整四年，四年六班的同学都不会在意陈老师的大名。陈立德这名字，是马万才后来记住的。从一年级开始，他一直陈老师陈老师地叫，同学们也这么叫。到了四年级，并没有人在意陈老师的全名。

　　那天，陈立德三个字，像用刀子一样，刻在了马万才心上。

　　三月开学了。

　　交学费的时候，古力站起来说："陈老师，我下个月才能交。我家哥四个都要交学费，我爸说先让三弟和四弟交，我和我哥要等到下月才能交！"

陈老师说："要等到你爸爸下个月发工资，才能交，对吧？"

"是！"

"你坐下吧，我知道了。"

放学时，是马万才小组值日打扫教室卫生，古力主动留下来，帮着马万才小组打水拖地。他的右手食指和中指不能自由伸张，很吃力地握着拖把。马万才说："古力，你别拖了，回家吧！今天也不是你们小组值日啊！"

古力听了，继续拖地。

马万才问："古力，你没交学费，心里觉得过意不去，多干点活心里好受点吧？"

"没有！"古力不承认。

马万才去夺古力手里的拖布，古力不给，对马万才说："你去用抹布擦桌子吧，特别是老师讲台上的桌子，全是粉笔末，擦干净点！"

　　马万才拎着一桶水，用抹布开始擦桌子，一直擦到老师用的讲桌。他看见老师的讲桌里有一沓本子，是陈老师的教案，就把它拿出来，擦讲桌的里面，擦完了，把放在桌面上的教案放回原处。不小心，把教案里的纸和本碰了一下，散落到地上。地上刚刚拖过，还有点潮湿，飘落到地上的纸和本子就沾了水……马万才慌忙去捡，一张一张捡起来，把它们摆在桌子上，想晾一晾，干一些的时候再收拾起来。

　　等马万才把教室里的桌子都擦完了，回到讲台上，要把陈老师的教案收拾好时，他的眼睛突然被纸上的两个字烫了一下。

　　一开始，他不太相信自己的眼睛。但是，那两个字切切实实躺在那里，像瞪圆的眼睛，在望着他。

　　马万才用手捏起一张白纸，它就有学生做作业用的本子那么大，上面写着：

欠 条

今天（一九五七年七月六日）借刘炳琴老

师人民币十元整。

借款人：陈立德

马万才又拿起一张纸，上面写着：

欠 条

今天（一九五八年一月七日）借王慧老师

人民币五元整。

借款人：陈立德

马万才呆呆地望着桌子上的欠条，一共是七张。有

一刻，马万才的眼前突然有了一层雾，让眼前的白纸模

糊了，颤动起来。

马万才仔细看这些欠条时，发觉给刘炳琴老师的那

张欠条的反面，还有一行字：刘老师有三个孩子，她也

不容易，能还钱的时候，一定先还给刘老师！

马万才又想到一个问题，欠条都该在借给陈老师钱的人手里，怎么都在陈老师的教案里？只有一个解释，那就是陈老师怕忘记借了人家的钱，自己又写了一份，留在自己手里。

他听到古力喊："马万才，快点收拾起来，该回家了！"

马万才抬头看着古力，古力在他眼前也是模糊的："古力！"

"你怎么了，马万才？"

"你看！"

古力走过来，问道："到底怎么了，让我看什么？"他低头去看摆在讲桌上的排成一行的欠条。

"陈立德？陈立德是谁？是陈老师？"

马万才点头。

"陈老师欠这么多钱？！"古力跟马万才一样震惊。

"欠太多了……"

教案是陈老师忘在讲桌里的。他领着聪聪回到教室来拿教案时，马万才和古力都看见陈老师和聪聪浑身滚满了雪粉。春节过后的雪有点沉，含水大，把他们的衣服浸湿了。陈老师帮着聪聪拍打着身上的雪，一边说："东西忘拿了！"当陈老师拿起教案时，翻了一下，问马万才和古力："有人动我的东西了？"

马万才说："刚才擦讲台上的桌子，把它碰到地上了……"

"你们看了我的东西？"陈老师认真而严肃地问道。

"没有！"马万才心虚地说。

古力说："陈老师，今天我让这个小组其他的同学回家了，就剩我和马万才两个人。所以，我俩忙活了半天……"

"你们也快点回家吧！今天，辛苦你们俩了！"

陈老师领着聪聪一走，马万才说："陈老师不想让同学们知道他欠钱的事，咱就别跟别的同学说了。"

古力说："你不说，我肯定不会说的！"

马万才回家，憋不住跟妈妈说："我们陈老师欠别人很多的钱！"

"很多钱是多少？"妈妈问道。

"我数了一下，一共是七张欠条。"

"可怜的人。以后，陈老师需要帮着照顾聪聪，你就把聪聪带回家，让咱家帮他一下。可怜的人啊！"

"妈，你知道我们陈老师的全名吗？"

"你天天叫陈老师，妈上哪里知道陈老师的全名啊！"

"他叫陈立德……"马万才说出这个名字，晾在讲台上的一张张欠条上的"陈立德"三个字，排着队涌到眼前。他的心，又酸了一下。

第二天，马万才上学时，跟陈老师说："我妈妈说，陈老师如果有事，太忙，就让我把聪聪带回我家！"

陈老师听了，沉吟了半天，长长舒了一口气，才点着头说："代我谢谢你的妈妈和爸爸，我谢谢他们！"

看着陈老师疲倦的脸，马万才心里反反复复只出现一句话，就像是土拨鼠从土里露头，提醒马万才："陈立德什么时候能还清那些欠钱啊？"

天气渐暖了。马万才听说，一到周日，陈老师就领着聪聪去松花江的冰面上放那个鲸鱼风筝。聪聪愿意去放风筝，他跟马万才说过，他能透过冰层，看见冰下的融水中有摇摆的绿粉条……

广播中说，从四月一日起，禁止行人从冰面步行到对岸的太阳岛。防止行人踩裂冰面，掉入江水。

在马万才的记忆中，就是广播在重复播出这个安全通知的日子里，陈老师住院了，四年六班，暂由教数学的刘炳琴老师代管。

同学们都知道陈老师因为营养不良，患上了肝炎。陈老师一周后出院时，他的脸色除了苍白外，还像蜡一样地黄。

很多的同学，都为陈老师的身体健康担心。

那天，马万才跟古力在学校踢球，一个守门，一个罚点球，轮流守门。两人踢到很晚，实在饿了，踢不动了，才分手各自回家。

马万才一进家门，发现陈老师领着聪聪坐在饭桌前，爸爸和妈妈陪着，气氛温暖，又有一种沉重。

妈妈包了酸菜馅饺子，里面放了不少的猪大油，吃起来很香。饭桌上，大家的话很少。只能听见妈妈不停地说："陈老师，聪聪，多吃啊！"

马万才发现，陈老师脸上有笑意，眼光却落在聪聪脸上，半天也不会移开。

陈老师带着聪聪离开后，马万才问爸爸和妈妈："陈老师跟你们说什么了？"

"陈老师身体不好……"爸爸说道。

"难啊！"妈妈说。

周日，马万才跟着陈老师和聪聪去江边放风筝，因为聪聪一直说要去捞江里的绿粉条。冰面上靠岸边的地方，还能承受住人，陈老师不让马万才和聪聪朝江心的冰面上去，只在江边的冰面上玩。

　　一个小时之后，聪聪厌倦了放风筝，要回家。陈老师跟马万才说："万才，领着聪聪去你家，我在这里再待一会儿，呼吸一下新鲜空气。新鲜的空气，对我的病有好处的。"

　　马万才没多想，拉起聪聪的手离开了江边，还对陈老师说："陈老师，我妈说，今天吃烙饼，晚上五点半吃饭！"

　　陈老师笑着冲马万才和聪聪招了招手。

　　快六点时，香喷喷的烙饼端到桌子上了，陈老师还没回来。马万才的妈妈先给了聪聪一张饼，让他先吃。

　　聪聪摇着头说："我等……绿粉条……"

　　马万才突然跟爸爸说："爸，自行车钥匙给我，我去江边喊陈老师回来！"马万才蹬得很快，忘了戴上帽子，春天傍晚的风很凉，他一手把着自行车把手，一只手不停地捂一下冻凉的耳朵。

　　他赶到江边时，松花江的冰面上已经黑乎乎的，对面的太阳岛已经像一个巨大的黑影，昏昏睡去……

江边没有行人。马万才把自行车立在江边，眼光扫向冰面，就看见冰面上靠近江心的地方，有一个小小的黑影，在慢慢地移动。

马万才的心突然怦怦怦跳起来，他朝那个黑影跑去，在离那个黑影不到二十米的地方，他看清楚了，那个黑影正是陈老师。陈老师抱着自己的双臂，低头望着脚下的冰面，来来回回地走，像是在寻找遗失的东西，又像是在寻找一条生活的路……

马万才听见了脚下有冰面裂开的声音，他猛然站住了，不敢轻易朝前迈步。他死死盯着前面的黑影。

陈老师还在冰面上徘徊。

马万才大喊一声："陈老师！"

陈老师抬起脸，面朝马万才："你别过来，这里很危险……"

"回来！陈老师！"

"你千万别过来！"

马万才突然明白陈老师要做什么。他一直在危险和冰薄的地方徘徊，他是希望冰面在他绝望的生活里，突然敞开一道门吗？把他拽进去，不再回头，不再为身后的喧嚣的生活烦恼了？

"陈老师！今天，家里吃烙饼……"吃烙饼刚出口，马万才觉得自己嗓子里开始哽咽了。

"……"

"陈老师，聪聪在等你回家！"

黑影不动了，一下子矮下去。

马万才朝前冲了几步，看见陈老师跪在了冰面上。马万才不再多想，听着脚下冰裂的声音，朝陈老师狂扑过去，抱住跪在冰上的陈老师。

陈老师已是泪流满面，浑身颤抖。陈老师的哭声爆发了，哭泣是从压抑的嗓子深处传出的，片刻，就变成了撕心裂肺的号啕……

"陈老师，回家吧！"

"我想到下面……给聪聪……找绿粉条……绿粉条，他每天都要绿粉条……"

"陈老师，我知道你要做什么！你别瞎想了，下面没有绿粉条！回家吧，陈老师，回家吧！"

"我们……回家！"陈老师说着，想站起来，却又滑倒了。马万才抱住陈老师，想把他拉起来，拉了三次才让陈老师站起身，那个时候，马万才觉得瘦弱干巴的陈老师的身体，那么重，那么沉，他的躯体里，装着多少沉重啊！就是这些让马万才看不见的沉重，才让他无法站立。

天色漆黑，马万才搀扶着陈老师，一步一滑，离开了已经开始碎裂的松花江。

马万才领着陈老师一进家门，聪聪说了一句话，让陈老师再次哭泣了："你看见绿粉条了吗？"

陈老师止不住自己的眼泪，把背对着聪聪，不想让聪聪看见他的悲伤。马万才的爸爸拍着陈老师的肩膀说："哭出来就好了。做一个男人，你比我强！"

马万才曾经问过爸爸："你为什么说，陈老师比你强？他哭了，哭了好几次，哭得像小孩一样！"

爸爸说："因为我没受过陈老师那么多的苦！要是把陈老师的苦让我尝一遍，我自己都不知道能不能像你们陈老师那样挺过来！"

马万才心里明白了一件事：痛哭过的人，也坚强。

很久之后，马万才都能听见陈老师留在冰面上的哭泣声，那声音被风送到很远的地方，让走在城市任何角落里的马万才，都能听见，听得清清楚楚。

有时，会惊醒他的梦。

……

五十年后的聚会

二〇一六年夏天的一个晚上，七八个年近七十的人坐在一家叫"忘不了"的饭店聚餐，已经聊了很久，点过的菜，一道都没上。他们在等一个人。年轻帅气的服务生问了三回："可以上菜了吗？"

其中一个老人指着圆桌正中的空位说："他来了，你不用问，就可以上菜了！"

等待的那个人，是从国外回来的，他叫张刘盛。

张刘盛进来了，坐在座位上的人都张着嘴巴，都知道他是大家等了很久的张刘盛，但是，从头到脚，谁也找不到五十年前张刘盛的影子。

其中一个人提议："现在，大家都知道张刘盛来了，都知道我们面前的是张刘盛。我们先不要介绍自己，让张刘盛慢慢看，一边吃一边观察，让他自己去回忆，去相认，好不好？"

一桌的老人都在频频点头。

年近七十的张刘盛依旧穿着得体，灰色亚麻休闲装，花白稀疏的头发，梳成合理的三七分，因为激动，他遮挡不住的头皮，在灯光下闪烁着亮晶晶的汗珠。

第一道菜被帅帅的服务员端上来了，是哈尔滨最出名的香肠拼盘，里面有秋林粉肠香肠，有肉联厂的香肠粉肠，它们除了有特有的香味，还有诱人的颜色。

张刘盛掏出一块白色手绢，在眼睛上摁了摁，把刚刚涌出的泪擦掉。他第一个注意到的老人，长着一双大手，虽然它们不像年轻人的一样有弹性，圆润，丰满，但是，它们比一般人的手要大。尤其是长着这双大手的人，在他端起杯子喝水的时候，张刘盛发现，他右手的中指和食指是僵硬的……

张刘盛站起身，颤抖地走到长着一双大手的老人面前，抖动着嘴唇，吐出了两个字："古力？"

"你认出我了？"那个叫古力的老人，想握住张刘盛的手，却被张刘盛抓住了他的右手，使劲攥住，半天不肯松开。

当张刘盛坐回到自己的座位上，想再认出第二个同学时，他为难了，用手绢擦了好几次眼睛，想让眼睛看得清面前的老人们，就是无法认出了。"太久了太久了……"他摇着头，有点绝望地感叹道。

这时，一个老人站起来，冲着张刘盛抱着自己的双拳，望着张刘盛，但是，他突然把脸抬向桌上的华丽吊灯，让眼里的泪不要掉出来。他平复了一下心情，对张刘盛说："你还记得有一个同学，叫胡星安吗？"

张刘盛摇着头。

这个老人启发张刘盛："记得脏眼吗？"

张刘盛的眼睛亮了一下："有印象，你是脏眼？"

脏眼仍旧抱着自己的双拳，一副歉意的样子："鄙人，胡星安，外号脏眼，四年六班的！"

张刘盛记起了胡星安，匆忙站起身，冲着胡星安也抱起双拳。叫胡星安的老人连忙说："你坐下，我有话说！"当张刘盛坐下后，胡星安说出了下面的话："张刘盛同学，对不起你，这个道歉，迟到了五十年。谢谢你回国，给我胡星安这样一个当面道歉的机会……"

张刘盛的眼睛里很迷茫，在座的同学们也不知道胡星安为什么要道歉，五十年过去了，他还要道歉？

"张刘盛同学，当年，你丢的五块钱，是我偷走的。"胡星安说。

大家都看见，快七十岁的胡星安的脸上，竟然出现了羞愧的红色。就为了他脸上的羞愧，大家心里都感动起来，也伤感起来。

这时，张刘盛突然说道："我知道是你拿走的……"大家听了这句话，都吃惊地盯着张刘盛。

"你……你当时，为什么不说出来？"

"我不想说！"

"为什么？"胡星安问，这也是大家想问的话。

"我不想让你背着小偷的名声，走你的人生！"

胡星安哭了，竟然像一个孩子一样哭了，是痛哭。

"哪一位是万才？我实在是认不出他来，他来了吗？"张刘盛问道。

一个老人站起来，微笑着看着张刘盛。张刘盛瞪着眼睛，吃惊地说道："你都变成秃子了？你过去的头发那么黑那么密，像在沥青桶里洗过的头发……"

古力说："万才是作家，写出一本书，掉一百根头发，写了那么多书，不掉光才怪呢！"这句话，引出了笑声。

张刘盛回身从一个包里取出一个东西，是用塑料膜封住的一张纸："我还给万才带来了一个礼物！"

马万才接过一看，是自己在小学写的作文《香肠房》。没想到，张刘盛把它珍藏起来，像收藏钱币，收藏邮票一样，用塑料膜密封起来。

"你说过，盖一座香肠房，是你的理想。我带着它，到了很多国家，它也是我的理想，一个中国孩子的理想。"张刘盛把它递给了马万才，"它太珍贵了！"

这时，坐在马万才身边的女同学郭小鱼伸出手来，把《香肠房》拿过去，用手摸着，对马万才说："记得我说过，张刘盛很可能是你在国外的第一个读者，我说对了吧？"

马万才对张刘盛说："忘了告诉你，郭小鱼，我妻子！"

张刘盛笑着说："青梅竹马！"

郭小鱼纠正道："心灵知己！"

这时，马万才问张刘盛一个几十年前想问的事情："张刘盛，你当年，为什么要离开？"

"太穷了！"张刘盛不假思索地说道。

"你们家不穷，你不穷啊？！"

一桌的人都附和着说："是啊，张刘盛家可不穷，这都知道啊！……"

张刘盛说："因为，我爸爸和我，都看见了太多的……穷！"

这句话一出口，大家沉默起来。好像大家都看见了那个"穷"，从遥远的年代向他们走来，虽然陌生了，但是，在座的人都认识它。

"我一直想回来，想建一个香肠房……小学时的万才，就是香肠房的设计者，我想成为那个实施者！"

"多美好的理想！"

张刘盛说："我不能再看到你们穷了。这几十年，我一直想的就是这件事！"

"我们什么也不缺……"

"我看见了！我看见了！"张刘盛不停地点头。

大家开怀大笑起来，有人说："该喝一杯了！"清脆的碰杯声，让大家很兴奋。这时，张刘盛只看见一个人坐在桌前，不说话，也不端杯子，也不站起来，只是看着满桌的菜笑着。

"他是谁？是哪一个同学？"张刘盛问大家。

古力说："你猜猜看！"

"张刘盛不可能猜出他是谁的！"马万才走到这个老人面前，用手摸着他的头，"他是聪聪！"

张刘盛一下子站起来，撞到了桌子，把面前的红酒杯碰倒了："陈老师的孩子，聪聪？"

"对，他是聪聪！他跟我们一样大！陈老师，陈立德，在一九六〇年因病去世了。聪聪一直在我们家，我妈妈照顾他。等到我们上班了，四年六班的同学，都在帮我照顾聪聪。他的智力，还停留在四岁时的样子。但是，每一天看到他，我们都觉得陈老师还在……"

张刘盛再一次颤抖起来："让我们为……陈老师，喝一杯！"

"为难忘的陈老师喝一杯！"

"为正直的陈老师喝一杯！"

"从中国的小学到国外的大学，陈老师是我遇见过的最好的老师。"张刘盛脸上的泪，擦也擦不干净，手绢都湿了，变沉了。

古力说："我会陪你去看看陈老师的墓地！"

"我一定去看陈老师……"

这时，马万才补充了一句："张刘盛，陈老师叫陈立德！"

"陈立德？这是我第一次知道陈老师的名字！立德，多好的名字啊！"张刘盛突然悟到了陈老师的名字的含意，又感动起来。

看见大家站起身频频举杯，聪聪受了感染，也举起手来，说了一句："绿粉条！"

大家都知道发生在聪聪身上的绿粉条故事，所以，又都伤感地默默垂泪。

这时，站在门外的帅气的服务生看见了，他慌张地推门进来，担心地说："爷爷们、奶奶们，我必须打搅你们一下了。为了你们的健康，少喝酒，不能太激动！

我不知道你们来自哪里，也不知道你们是什么关系。我在外面听你们说的话，很多都听不懂。但是，你们之间的感情，让我感动。但是，但是，你们都太激动了！血压会高的，我为你们担心！祝爷爷奶奶们健康快乐！我给你们换壶茶！"大家都看出这个帅帅的服务生心很细，他不希望这些爷爷和奶奶，因为太激动而出事。

古力指着他说："好懂事的孩子！"

在座的几个人却点着古力说："跟你小时候一样懂事！"

那个晚上，在聚餐的桌前，来自四年六班的同学，都想把积攒了五十年的话，一下子说完。

七十岁的老人们哭哭笑笑，让帅帅的服务生紧张死了。他像一开始问爷爷和奶奶们什么时候上菜一样，又劝他们："爷爷奶奶，晚上十一点了，该回家休息了，别太累了……"

张刘盛站起身，对帅帅的服务生说："孩子，这个房间在明天晚上六点钟，给我留着，还是这些爷爷奶奶，接着聊！"

老人们都笑，都点头，都同意。

帅帅的服务生瞪着大眼睛："明天还来？今天没说完啊？"

"五十年的话太多了，今天说不完了。只能明天继续……"

于是，就有了一个人，他也曾是太平小学四年六班的，写出了一部小说《香肠房》。

凡是读过这本书的人，都知道作者是谁了。

2019 年 11 月 25 日二稿于四川